ベリーズ文庫

オオカミ御曹司に捕獲されました

滝井みらん

JN177976

STARTS
スターツ出版株式会社

目次

オオカミ御曹司に捕獲されました

オオカミ御曹司に捕獲されました

同級生で、同期で、御曹司の彼

今日は嬉しい定時退勤日。

毎月、第一水曜日に開催される同期たちとの飲み会を断り、午後六時過ぎに会社を出た私は、二ブロック先の書店に向かう。

「あった！」

今日発売の少女漫画を手に取ってカウンターへ行き、素早く支払いを済《す》ませた。

「ありがとうございました」

店員に本の入った買い物袋を手渡され、私はニンマリする。

六月上旬ということもあって、空はまだ明るい。

あ～、すぐに読みたい。

四ヶ月もこの本の発売を待ったのだ。早速、近くのカフェに入り、奥のほうにあるテーブルに座る。

ここなら会社から少し離れているし、ほかの社員には会わないだろう。

テーブルにやってきた店員にカフェラテを頼むと、さっき買った本を読み始めた。

五十嵐《いがらし》梨花《りんか》、二十六歳、独身、彼氏いない歴＝実年齢。

日本で五本の指に入る、有名商社の杉本商事《すぎもとしょうじ》に勤めているＯＬ。

杉本商事は国内外に六十五もの支社を持ち、世界に約三万人の社員を抱える国際的な大企業。私のいる三十五階建ての丸の内本社ビルには、約九百人もの社員が勤務していて、ロケットから赤ちゃんのおしゃぶりまで、多種多様な商品の開発や販売を行っている。

こんな華やかな環境にいるＯＬといえば、服装やヘアメイクに気を遣い、オシャレなオフィスで颯爽《さっそう》と勤務している、洗練された女性を想像するだろう。

だが、私はオフィスの隅っこでコツコツ仕事をしている地味ＯＬだ。

身長は百五十三センチと低めで、朝のセットに時間がかからなくて便利、という理由で、髪型は黒髪のストレートボブ。目が二重《ふたえ》で大きいせいか童顔に見え、よく高校生に間違われる。

ノーメイクでメガネをかけて大人しくしていれば、仕事以外で声をかけてくる人はほとんどいない。目立たず、静かにひっそり過ごすのが私のモットー。社交的ではない私は、そうして平穏な日々を送っている。

そんな私の趣味は、少女漫画を読むこと。現実世界の異性には興味がない。だって、漫画を読めば自分好みの最高の男性に出会えるんだもん。漫画を読んでいる、今この時が私にとって至福の時間。

同期会への参加を断って、早速読み始めているこの新刊も、私をときめきの世界に連れていってくれる。

あ〜、生徒会長の片岡《かたおか》君素敵！　美園《みその》ちゃんに顎《あご》クイするなんて、ドキドキしちゃう〜！　美味《おい》しいわ〜、そのシチュエーション。

頭の中で美園ちゃんを自分に変換して、思いにふける。

胸をキュンキュンさせながら漫画を読んでいると、後ろの席から何やら騒がしい声が聞こえてきた。

「待ってください。私は……あなたのことが好きなんです！」

若い女の取り乱した声で、急に現実世界に戻された私。

ん？　カフェで告白？　気になって漫画に集中できないんだけど！　こっちは今、片岡君が美園ちゃんにキスをするかもって重要なシーンなのに。

「悪いけど、君には興味ないんだ」

男の申し訳なさそうな声が響く。

あれ？　この声って……。

ある人の顔が頭に浮かんだその刹那《せつな》、女が声を張り上げた。

「友達からでもいいんです！」

うわっ、声大きすぎ。痴情のもつれか？　よそでやってほしい。

私が眉をひそめると、男も不快に思ったのか、ひどく冷たい声に変わった。

「見苦しいよ。俺のことを何も知らないくせに、好きだなんてよく言えるね。この俺が、お前みたいな金や地位目当てのバカな女の餌食《えじき》になると思う？」

この毒舌……間違いない。絶対に彼だ。

「え？　今……なんて？」

女がビックリしたような声で聞き返すと、男は吐き捨てるように言った。

「聞こえなかった？　要するに、お前みたいなくだらない女とは付き合わないって言ったんだよ」

「な、な、なんですって⁉　社長の息子だからって、偉そうなことを言うんじゃないわよ！」

女が怒って声を荒らげたと思ったら、後ろから何か冷たい液体のような物が私の背中にかかり、ビックリした私は「ギャッ」と声をあげた。

何？　一体、何が起こったの？

漫画を持ったまま、私はブルッと震《ふる》えた。

うっ、冷たい！　なんでこんなことに？

驚いて後ろを振り返れば、女が怒りの形相で空のコップを握りしめていて……。

ああ、水をかけられたのか。……って、こっちに水がかかってるんですけど‼　いい迷惑‼

無言で彼女をじとっとひと睨《にら》みするが、あることに気づき、思わず目を丸くした。

やだ、あの人、よく見たらうちの専務秘書の佐藤《さとう》さんじゃない！

長い茶髪に、完璧なまでにメイクが施された顔。ひと目でブランド物とわかるスーツを着ているけど、はっきり言ってスカート丈は短いし、秘書としての品位に欠けていると思う。

端《はた》から見ても高慢で高飛車な彼女は、私の苦手なタイプだ。

私のすぐ後ろに座っている男のほうは、やはり私と同じエネルギー関連事業部の杉《すぎ》本《もと》君だった。後ろ姿だけど、今日、彼が着ていたのも同じ濃紺のスーツだし、髪型や背格好、雰囲気からわかる。

彼、杉本学《がく》は高校時代の同級生で会社の同期、おまけにうちの会社の社長令息。

百八十センチを超える長身に柔らかいダークブラウンの髪、俳優顔負けの端整な顔立ちは、少し甘さをともなった王子様系。会社ではエネルギー関連事業部のエースで、将来は社長。彼の有能さは高校の時から変わらない。成績は常にトップだった。

私たちが通っていた帝和《ていわ》学園は、良家の子女が通う有名私立高校。生徒会長としてその頂点に君臨していた杉本君は、学園内で特別な存在だった。世界に名だたる大企業の御曹司で、眉目秀麗《びもくしゅうれい》、文武両道、品行方正……と四文字熟語のオンパレードのような完璧人間で、性格も優しくて誠実で先生や生徒からの信望も厚かった彼。

女子に大人気でファンクラブまであった杉本君は、ファンの子に『学様』って呼ばれてたっけ？

同じ高校に通っていても、杉本君と私は住む世界が違ったんだ。

私は外部入試で入った、学園では少数派の奨学生だったけど、彼は幼稚園からエスカレーター式で上がってきた、生粋《きっすい》の帝和生徒。彼の取り巻きはみんな大企業の御曹司で生徒会役員。一般生徒の私からすると、天上人《てんじょうびと》のような存在だった。

生粋の帝和生徒ってだけでも近寄りがたいのに、そのうえ生徒会長だなんて恐れ多くて、クラスが一緒でも親しく話すなんて全くなかったな。

まあ、それは杉本君が一般生徒でも同じだっただろう。だって私は高校時代も、今回みたいな場面に遭遇していたから。

つまり、王子様から悪魔に豹変《ひょうへん》するのを目の前で見たのだ。壁に隠れてこっそり覗《のぞ》いていたから、彼は私に見られたなんて気づいていなかったと思う。

最初は、あの優しくて完璧な杉本君が……って信じられなかった。何か幻でも見ているんじゃないかって。

『はっきり言って迷惑だから。君のような頭の悪い女と付き合う気なんてないよ。もう金輪際、俺につきまとわないでくれる？』

氷のような冷たい目に、人を見下したような容赦《ようしゃ》ない言葉。

言われた女の子は、顔面蒼白《そうはく》でその場を去っていった。

今でもその光景をはっきりと覚えている。何度も目をしばたたいて見たけど、それはやっぱり杉本君で、彼には普段、人に見せない裏の顔があると、その時悟ったのだ。

私が杉本君を避けているのは、それだけが理由じゃない。

高校時代に杉本君にしつこくつきまとっていた女の子は、なぜかみんな自主退学していったし、彼に逆らった生徒は親の会社が乗っ取られて悲惨な目に遭った。

杉本君が裏で何かしたに違いない、と私は疑っている。

そんな彼と同じ会社の同じ部署になるなんて『運命のいたずら』とでも言うべきか。

三十社以上の採用試験を受けて、唯一受かったのが杉本商事。藁《わら》にもすがるような思いで入社した。

だって、うちは貧乏だから、就職浪人するわけにはいかなかったのだ。

部署は総務を希望していたのに、私はエネルギー関連事業部の石油・天然ガス開発課に配属された。

エネルギー関連事業部はうちの会社の主軸で、石油や資源エネルギー事業に投資し、現地の政府や企業と連携して原料の生産・調達から販売までを行う、商社マン憧れの部署。四つの課に分かれていて、私のいる石油・天然ガス開発課は九名と大企業にしては少なめだが、少数精鋭で社内トップの収益を誇っている。

そんなエリート揃《ぞろ》いの部署に配属されて、最初は不安でいっぱいだったけど、英語はわりと得意だったから、仕事は意外にもうまくいっている。ただ、杉本君と同じ部署ですごく気が重いのだ。

私の想像通りだったけど、杉本君は仕事もデキる。エースの彼は、社運をかけたロシアのソーンツァ社とのパイプラインプロジェクトの契約を成立させた。

ロシア政府高官から口説《くど》き落としていったという噂《うわさ》だが、人脈とか交渉術とかがないとそんな真似はできないだろう。子供の時から各界の著名人が集まるようなパーティーにも参加していたようだし、政治家や官僚として活躍している母校の帝和ＯＢ

の強いコネもあって、まだ二十六歳という若さなのに政財界にも顔が利くらしい。

そのうえ、アメリカ留学の経験もあって語学も堪能。英語以外にロシア語、ドイツ語、フランス語、中国語などを普通に話せるというのだから驚きだ。

そして何より、杉本君の最強の武器はその王子様のような甘いルックス。彼の笑顔は、老若男女《ろうにゃくなんにょ》すべてを魅了する。杉本君が微笑《ほほえ》むだけで、場が和やかになってどんな難しい交渉もうまくいくらしい。まさに杉本マジック。

当然、会社の女の子が杉本君を放っておくはずがなく、彼を狙う女子社員がハイエナのように集まる。お昼休みや定時後に、受付や秘書室の美人のお姉さんにつきまとわれている杉本君を見かけるのは、日常茶飯事《さはんじ》。私は彼と全然親しくないのに、同じ部署というだけで彼女たちにひがまれる。

彼と関わるのは極力避けていたのに、まさかこんな場面にまた出くわすなんて、私は呪われているのだろうか？

佐藤さんが怒ってコップの水を杉本君にかけようとしたんだろうけど、彼は全く濡れていない。

彼がよけたせいで私に水がかかったのだ。とんだとばっちり。

「この最低男！」

佐藤さんは杉本君を思い切り罵《ののし》ると、持っていたコップをバンッと音をたてながらテーブルの上に置き、カツカツとヒールの音を鳴らしてこの場から去った。

なんで私が水をかけられなきゃいけないのよ。漫画だって濡れちゃったし……。

そう心の中で悪態をつきつつも、このふたりが相手では文句も言えない。返り討《う》ちにされて、会社にいられなくなってしまうのが落ちだ。

ハーッと長いため息をつくと、杉本君がそれに反応して私のほうを振り返った。

彼とバチッと目が合う。

げげっ、ヤバい！　関わったらロクなことにならない。逃げなきゃ。

バッグと本を持って席から素早く立ち上がるが、運悪く杉本君に私だと気づかれてしまった。

「五十嵐さん？」

彼は私を見て少し驚いた顔をしたが、すぐに笑顔を取り繕《つくろ》った。女の子を虜《とりこ》にするあの王子スマイルだ。だが、私にはその笑顔は恐怖でしかなく……。

「杉本君……こんにちは。こんなところで会うなんて……き、奇遇だね」

なんとか普通に挨拶《あいさつ》しようと試みるが、顔がどうしても引きつる。

そんな私の様子をおかしいと思ったのか、杉本君は私を痛いくらい見つめてきた。

どうしよう～!!　なんか怖い。　私は何も見てません、聞いてません。どうぞお気になさらず。

そう心の中で呟《つぶや》いてこの場を去ろうとしたら、杉本君がスッと椅子から立ち上がって、突然私の腕をつかんだ。

「五十嵐さん、待って」

え?

思いもよらぬ彼の行動に、一瞬心臓が止まった。

な、なんで手をつかまれるの～!?

声にならない悲鳴をあげ、おどおどしながら杉本君を見ると、彼はズボンのポケットからブルーのハンカチを取り出した。

「ごめんね。五十嵐さん、濡れちゃったね。これ、使って」

杉本君はすまなそうに謝り、そのハンカチを差し出す。

だが、私は彼と関わるのが嫌で、首を横に振って断った。

「だ、大丈夫。たいしたことないから」

杉本君の手を外して店を出ようとするが、気が焦《あせ》っていたせいか、彼の身体にぶつかってメガネが外れ、持っていた本と一緒に床に落としてしまった。

「ああ〜、もうっ」

小声で自分を罵り、身を屈《かが》めてメガネと本を拾おうとしたら、同じタイミングで杉本君が動いてガシャッと嫌な音がした。

彼のピカピカに磨き上げられた高級革靴に踏まれた、私の安物メガネ。

「あっ……ごめん」

杉本君はマズいって顔で謝ると、ゆっくりと足を上げた。

彼の靴の下敷きになった私のメガネは、レンズが外れてフレームがグシャグシャ。

唖然《あぜん》とする私の前で杉本君が、もう使い物にならなくなったフレームとレンズを拾い上げる。

「これだと使えないな。本当にごめん、弁償するよ。替えのメガネ持ってる？」

杉本君が優しく声をかけてくるけど、私は力なく答えた。

「……ない。でも、大丈夫」

彼が手に持つメガネの残骸を見て、落胆しながら呟く。大丈夫ではないが、それしか今の私には言えなかった。

今日はきっと、厄日に違いない。

「メガネなしで見えるの？」

杉本君が、心配そうに私の顔を覗き込む。

非の打ちどころのない美形の顔が視界にドアップで入り込んできたので、ビックリした私は「ギャッ」と叫んで思わず後ずさった。

「……家に帰るだけだから」

うろたえながらそう言って、杉本君の手からメガネの残骸を奪い、急いで帰ろうとすると——。途端、テーブルの足につまずき、こけそうになった。

「きゃあ！」

そのまま無様に転ぶと思ったけれど、杉本君がすかさず私の身体を支える。

「危ない！　メガネがないと、よく見えないんだね。送るよ」

「い……いいえ、結構です！　ひとりで帰れますから！」

杉本君の手から逃れて帰ろうとするが、彼は私の腕をしっかりホールドしていて、離してくれない。

え〜、なんで離してくれないの⁉　佐藤さんをフるところを見ちゃったから？

私の頭はパニック状態だ。

「あの……秘書課の佐藤さんのことは誰にも言いません」

だから、帰らせて〜！

涙目でそう訴えるが、杉本君は面白そうにクスリと笑って、私の耳元で囁《ささや》いた。

「五十嵐さん、服が濡れて下着が透けて見えてる。服も買わないとね」

杉本君の甘い低音ボイスに、背筋がゾクッとして身体が固まるも、彼の言葉の意味をワンテンポ遅れて理解した私は、慌てて胸を押さえた。背中にかけられた水が、いつの間にか服の胸元までしみてきていて驚く。

下着透けてるの見られるなんて……恥ずかしい～！

「大丈夫。これで見えないよ」

杉本君は私から手を離すと、ニッコリ微笑んでスーツのジャケットを脱ぎ、私の肩にかけた。

この笑顔が怖い。やっぱり私、見ちゃいけないものを見ちゃった？

どうなるの～？　会社、クビになる？　それとも、社会的に抹殺される？

ブルブルと震えながら怯《おび》えていたら、杉本君が身を屈めて私が落として水浸しにしてしまった漫画本を拾い上げた。

「本も濡れちゃったね。カバーしてあるけど、中は大丈夫かな？　五十嵐さんは、どんな小説を読んでるの？」

「あっ……待って！」

私の制止を無視して、杉本君がパラパラと本をめくる。

「これは……ずいぶんと可愛い本を読んでるね」

杉本君が、私の目を見て含み笑いをする。

うわあ、最悪だ。

私はその笑顔を見て、顔面蒼白になった。

きっと、『二十六にもなって学園ものの少女漫画を読んで』ってバカにしているに違いない。よりによって、この人に知られるなんて……。

「返して！」

杉本君から漫画本を奪おうと手を伸ばすと、彼は本をひょいと上げてかわした。

「これも濡れちゃったから弁償するよ。それにしても、五十嵐さんってこういうのが好きなんだね」

杉本君は、女の子が聞いたらうっとりするような優しい声で言うが、その目は面白そうに笑っている。人の弱みを握って悦に浸るような……そんな感じの目だ。

この人、私をからかって楽しんでるでしょう？

「悪い？　誰にも迷惑かけてないじゃない！」

思わずカッとなって言い返すが、ハッと我に返って慌てて口を押さえた。

ああ……どうしよう。あの杉本君に何言ってるの、私。

言ってしまった言葉は、もう取り消せない。

私のバカ。彼に逆らったら、どうなるかわからないのに……。

「からかうつもりはなかったんだ。ごめんね」

クスッと笑いながら謝られたが、どこか不気味な感じがしてならない。一刻も早くこの場から去りたい。

「ごめんなさい。ごめんなさい。許して」

何度も何度もペコペコと頭を下げて杉本君から離れようとするが、彼に再び腕をガシッとつかまれてしまった。

「なんで五十嵐さんが謝るの？　俺たち、かなり注目浴びちゃったし、出ようか」

自席の伝票ホルダーをサッとつかむと、彼は私の席の伝票も手にしてスタスタとレジに向かう。

そんな彼に連行されるように、呆然《ぼうぜん》とついていく私。

「すみません。お会計お願いします」

彼が私から手を離し、内ポケットから長財布を取り出すのを見て我に返った私は、慌ててバッグを漁《あさ》って小銭を出した。

「す、杉本君、これ私の分」

「たいした金額じゃないし、いいよ」

杉本君は優しい顔で首を横に振るが、彼の手に無理やり小銭を押しつけた。

借りなんて作りたくないし、自分の分はちゃんと払わないとスッキリしない。

「そんなのいいのに」

杉本君が小銭を返そうとするが、私はきっぱり断った。

「でも、自分が飲んだ分だから」

「そう？　わかったよ」

目を細めて笑みを浮かべ、杉本君は小銭をズボンのポケットにしまった。返しても私が受け取らないと、態度でわかったのだろう。

会計を済ませ、彼がドアを開けて私を先に通し、店をあとにする。

外は日が落ちて暗くなっていた。

チラリと腕時計に目をやれば、午後七時を過ぎている。

「ちょっと電話をかけるから待ってて」

杉本君はスマホを取り出し、どこかに電話をかけた。

この隙《すき》に逃げられないだろうか？

後ずさりしてこっそりこの場を去ろうとするが、彼の手がすかさず伸びてきて腕をつかまれる。

ええ～、なんでバレる？　後頭部にも目があるんですか？

私が驚きで目を丸くしたら、杉本君はフッと微笑した。

その笑顔がダークで怖いんですけど……。

怯える私を面白そうに眺めながら、彼は電話の相手と話をする。

「杉本だけど、今日の同期会、急用ができたから欠席する。悪い」

手短かに電話を切ったと思ったら、彼はまたどこかに連絡した。

「俺だけど。詩織《しおり》の使ってるブティックを教えてくれる？　ん？　ああ、理由はあとで話すよ。うん、青山《あおやま》のあそこね。ありがと」

優しく目を細め、杉本君が電話を切る。

かなり親しげに話してたけど、『詩織』って誰だろう？

ジーッと顔を見ていたら、目が合い、彼はニッコリと微笑んだ。

「今話してたの、俺の二歳下の妹なんだ」

なぜ私の考えることがわかるのだろう？　杉本君ってエスパー？

妹さんにお店を聞くって、相当仲がいいんだろうな。

「五十嵐さんは、同期会はいいの？」

柔らかな笑顔で聞いてくる彼の質問を、笑ってごまかす。

「ハハハ。ああいう集まりは苦手で」

漫画を読むために欠席したなんて、とても言えない。でも、本を見られたからバレバレだろうな。

「そういえば、今までの同期会でほとんど見かけなかったね。じゃあ、行こうか」

「行くってどこへ？」

杉本君の目を見て、問いかけるように首を傾《かし》げた。

「まずは、その服をなんとかしないとね」

杉本君は、私の服にチラリと目を向ける。

「いや、ほんとに気持ちだけでいいから。私の服なんて安物だし、すぐに乾くだろうから気にしないで。タクシーで帰るからいいよ」

丁重にお断りしたが、杉本君は納得しなかった。

「五十嵐さんって謙虚だね。でも、俺が気になるから」

杉本君は通りに出てタクシーを捕まえると、私を先に乗せてから自分も乗り込んだ。

あなたが気になっているのは、私に本性をバラされるんじゃないか、ってことじゃないの？　そう考えると悪寒がするんですけど。

「ねえ、杉本君、今日のことは誰にも言わないよ」

「俺も五十嵐さんがあんな乙女チックな漫画を読んでたなんて、誰にも言わないよ。それにメガネを取ると、こんなに可愛い顔してたなんてね」

杉本君のひんやりした手が、私の頬《ほお》に触れる。

ひえ〜！　お願い〜。早く家に帰らせて〜。

「か、可愛くなんかないよ」

私はおどおどしながら否定すると、彼と距離を取り、車のドアにへばりついた。

「ねえ、なんでそんな隅っこに行ってるの？」

不思議な顔をして、杉本君が問いかける。

「ち、ちょっと寒気がして」

歯をカチカチ鳴らしそうになりながら答えれば、「ああ」と杉本君は納得したように頷《うなず》いた。

「氷水かけられたら、それは寒いよね」

私を気遣うようにそう言ったかと思うと、杉本君は突然私をジャケットごとギュッと抱きしめてきた。

ギャー！　何をするー！

一瞬にして石化する私。

微《かす》かに香る甘いムスクの香り。この匂いには、何か人を硬直させる魔力でもあるのだろうか。

あなたはメドゥーサですか？　それとも魔術師？　やっぱり……怖い。

「これで、少しは温かくなるかな」

杉本君は優しい言葉をかけるが、私の身体の震えはますますひどくなる。心臓もバクバクしてきた。

暗に『逃がさないよ』って言われているようで、身の毛がよだつ。

「お、お、おかまいなく」

杉本君の腕を振りほどこうとするが、彼は離してくれない。

「ダメだよ。震えているじゃないか」

それは、杉本君が怖いからだよ……なんて、本人に言えるわけがなく……。

これはなんの拷問《ごうもん》なの？　拉致《らち》・監禁なんてされないよね？　ああ、早く家に帰りたいよ～。いつになったら解放してくれるの？

私は彼の腕の中で、恐怖のあまり震えていた。

同級生で、同期で、妖精な彼女［学ＳＩＤＥ］

俺が仕事をしている三十二階のオフィスには、可愛い妖精がいる。

毎日、始業時間より一時間早くやってきて、給湯室の掃除をし、オフィス内のデスクの上に散乱するゴミを拾い集めると、植木に『おはよう。今日も綺麗に咲いたね』と嬉しそうに話しかけながら水をやる。

妖精の存在には、入社して二ヶ月くらい経った時に気づいた。

あるプロジェクトで深夜残業が増え、夜帰る頃にはオフィスは空の紙コップや栄養ドリンクの空ビン、コンビニ弁当の残骸などでひどいあり様だったはずなのだが……。

朝になるとそれは綺麗に消えていて、誰の仕業だろうと不思議に思っていた。

ある日、客先に行く前に資料を作り変えようといつもより早く出社したら、ゴミを拾い集める彼女と出くわした。

『あ……』

俺を見てギョッとした顔をしていたが、『おはよう』と俺が声をかければ、彼女はうつむきながら『おはようございます』と小声で挨拶を返してきた。

いつもこんな早い時間に、会社に来ているのだろうか?

彼女は俺と目を合わせることもなく、すぐにゴミを片づけてそそくさと自分の席に戻り、何事もなかったかのように書類の整理を始めた。

彼女が妖精だったのか。

その後も少し早めに出社すると、彼女がひとりオフィスにいて、植木に『お前、もうすぐ咲きそうだね』と優しく語りかけながら水をやっていた。

そんな彼女を見て、心が温かくなった。天使の微笑みってこういうのを言うんじゃないだろうか。彼女の笑顔は無邪気で、それでいて慈愛に満ちている。

それまでは彼女のことは元同級生で、俺にとって害にならないという程度の認識しかなかった。いつもメガネをかけていて、もの静かで目立つタイプの子ではない。

彼女のことで俺が知っていることと言えば、それだけ。空気のような存在だったが、今になってよくよく考えると、彼女は俺にとって貴重な相手だったのかもしれない。

杉本商事の社長の息子ってだけで、昔から俺に近づく女は腐るほどいる。中にはしつこくつきまとうヤツもいて、そういう女は冷たくあしらっていた。はっきり言ってうざいし、邪魔だったんだ。

だが、彼女はそんな女たちとは違った。

高校時代に一緒にクラス委員をやっても、俺には全く興味がないのか、打ち解けて話すこともなかったし、俺が笑顔で挨拶しても怯えた目で小さく言葉を返すだけ。

社会人になってもそれは変わらず、仕事以外で彼女と関わることはなかったと思う。

普段は俺の視界に入ることもなかった彼女だが、朝、人知れず掃除する姿を見てからは、彼女のことを注意して目で追うようになった。

彼女を観察してわかったことは、うちの課の〝縁の下の力持ち〟ってこと。

みんなの業務がスムーズにいくよう課の雑務全般をこなし、それ以外にも欠勤した社員の業務を引き継いでさりげなくフォローする。仕事は完璧だし、速い。プレゼンや人前で何か発言するのは苦手のようだが、会議の議事録とかも彼女にお願いすると漏《も》れがなくて、安心して仕事を頼める。

何度か彼女に資料作成を頼んだことがあるが、彼女がまとめた資料では、俺の意図がしっかり汲《く》み取られていた。

いつも俺が席を外している時に、書類を机に置いておくというのが彼女らしい。

だから妖精のようだと思っているのだが、彼女は明らかに俺を避けている。いや、俺のことを怖がっていると言ったほうがいいだろう。

資料のお礼に食事に誘っても、彼女は怯えた顔で俺から視線を逸《そ》らし、『祖父が危《き》篤《とく》で』とか『祖父が亡くなって』とか理由をつけていつも断る。せめてほかの親族を出してくれればまだ信憑性《しんぴょう》はあるのだが、『祖父が亡くなって』は四回も言われた。一体、祖父は何人いるんだと彼女にツッコみたくなる。仕事は正確なのに、仕事以外では結構抜けているのだ。

その彼女……五十嵐 梨花は、今俺の腕の中で震えている。

いくら氷水をかけられたからといって、ここまで震えるのはおかしい。やはり、俺を怖がっている。

秘書室の女をこっぴどくフッたところを見られたが、それが原因か？

そういえば、『あの……秘書課の佐藤さんのことは誰にも言いません』ってどこか怯えながら言ってたっけ？

別にほかの人間に知られても痛くもかゆくもない。むしろ、うざい女が寄ってこなくて好都合。だが、五十嵐さんに避けられるのは面白くない。

仕事がデキる彼女を俺のアシスタントにしたいと、ずっと目をつけていたんだ。そして何より、俺にも天使の微笑みを見せてほしい。

これは千載一遇のチャンスだ。絶対に逃がさないよ。

妹に教えてもらったブティックの前でタクシーを降りると、彼女の手を引いて店に入った。

「すみません。彼女に合いそうな服をいくつか見せてください。サイズはいくつ？」

俺は、横にいる彼女に確認する。

「七号だけど……このお店、私向きではないし、やめませんか？」

小声で答える彼女は、どこか逃げ腰。目もまともに合わせてくれない。

これは俺が手をつかんでいないと、ひとりで帰りそうだな。

「大丈夫だよ。五十嵐さんに似合う服はちゃんとあるから」

安心させるようにそう声をかけ、店員にお願いして服を用意してもらう。

その間、彼女は所在なさげに店内をキョロキョロ見ていた。

店員が十着ほど持ってきた中から、彼女に似合いそうな物を俺が三着選び、彼女に手渡す。

「五十嵐さん、そこのフィッティングルームで試着してきて」

俺がニコリと笑って言うと、彼女は服をじっと凝視しながら顔を引きつらせた。

「杉本君、これは私にはちょっと……」

俺の顔色を窺《うかが》いながら断ろうとする。

だが、風邪をひかれては困るし、このまま帰るという選択肢は俺にはない。

「早くしないと、メガネ屋閉まっちゃうよ」

俺は、笑顔で急《せ》かした。

「……わかりました」

ハーッとため息をつくと、眉間にシワを寄せ、渋々といった様子で服を持ってフィッティングルームに消える。

あの嫌そうな顔……。妹なら、『服を買ってやる』って言えばすごく喜んで、一着どころか何着も俺にねだるのにな。女の子なら大抵はそうじゃないだろうか？

五十嵐さんって、よくわからない。

近くにあった椅子に腰掛け、スマホをいじりながら彼女が出てくるのを待っていると、一分も経たないうちに出てきた。

やけに早くないか？　今度はなんだ？

「す、杉本君、こんなの高すぎて無理です！」

さては値札だけ見て出てきたな。服が高くて文句を言われるとは……。どうやら俺の今までの常識が通用しないらしい。こうなると、意地でも着せたくなる。

「五十嵐さん、自分で着替えるのと、俺に着替えさせられるのと、どっちがいい？」

ニコッと笑顔を作り、やんわりと圧力をかけた。

「ひょえ～！　自分で着替えます～！」

彼女は俺の顔を見て奇声をあげ、またフィッティングルームに引っ込む。

「着たら、ちゃんと俺に見せてよ」

ククッと笑いながら声をかけた。カフェで会った時から思ったが、彼女の反応は実に面白い。普通の女なら俺がちょっと微笑めばすぐに言いなりになるのに、それが彼女だと違う。

余計に怯えて、俺から逃げようとするのだ。

コロコロ変わる表情は、見ていて飽きない。だから、ついからかってしまう。

丸くて大きい目。まるでチワワだな。あそこまで怯えられると、手懐けたくなる。

フィッティングルームにこもって、五分は経過しただろうか。

彼女はカーテンの間から、遠慮がちに顔だけヌッと出した。

「……杉本君、本当に見せなきゃダメですか？」

か細い声で聞いてくる。

「五十嵐さんは、今メガネをかけてないからよくわからないでしょ？　時間がないから早く見せて」

　優しい口調で言いつつも、半ば強引に従わせた。

「……はい」

　彼女はガクッとうなだれながらゆっくりとカーテンを開け、俺の前に姿を見せる。

「下を向いているとわからないよ」

　そう注意すると、彼女は恐る恐る顔を上げた。だが、俺に見られて恥ずかしいのか、それとも俺が怖いのか、目が泳いでいて落ち着きがない。

　なんだろう？　悪いことをしているわけでもないのに、なんだか俺が悪者になったような気分になるんだけど。

「表情が硬いよ。もっと笑って」

　今度はカメラマンのように、にこやかに声をかけてみる。

　はにかむように笑う姿を期待したが、ますます強張《こわば》るその顔。

　そんな彼女を見て苦笑した。

「ごめん。やっぱり普通でいいよ」

　すぐに打ち解けるには無理があるらしい。まあ、表情はさておき、服のほうはピッタリのようだ。

ピンクのウエストタックワンピースは、膝《ひざ》よりも上の丈でふわりとしたシルエット。小柄な彼女によく似合っている。

「うん、いいね。可愛い。じゃあ、次」

ほかの物も試着してもらったが、俺の見立て通り、ピンクや水色、黄色といった春らしいパステルカラーがよく似合う。それに、彼女は小柄だが、足が細くてスタイルがいい。

どれかに絞る必要はないか。だが、今夜身にまとってもらうのは、最初に試着したピンクの物にしよう。可憐《かれん》で、清楚《せいそ》な感じが気に入った。

「五十嵐さん、最初のピンクのワンピースを、もう一度着て」

「え？」

首を傾げて俺を見つめる彼女に、簡単に理由を言った。

「それが一番可愛かったから」

「でも……私には着る機会がないし、無駄になるよ」

この期《ご》に及んで、遠慮がちに断ろうとする。

「大丈夫。俺がそうならないようにしてあげるから」

着せ替えごっこのために、ここに連れてきたのではない。機会がないなら、作ればいい。

俺は企み顔で微笑む。

「それって、どういう意味ですか？」

俺の目を見て、キョトンとする彼女。

「いいから、早く着替えて」

考える時間を与えてはいけない。きっと、断る口実を見つけて服を受け取らなくなる。俺は急かしてその場をごまかした。

彼女がフィッティングルームに消えると、俺は店員を呼んで三着すべてを購入する旨を伝えた。

それでも、妹の買い物に比べたら遥かに安い。

あいつは欲張って、バッグやアクセサリーとかも一緒に欲しがるもんな。

しばらくしてフィッティングルームから出てきた彼女は、ここに来るまで羽織らせていた俺のジャケットを手にしていた。「ああ、ありがとう」と手を伸ばし、それを受け取る。

「ジャケット……あまり濡れてないと思うんだけど、クリーニングどうしようか？　私が預かって頼んだほうがいいかな？」

チラリと俺のジャケットに目を向け、どこかおどおどした目で俺の指示を仰《あお》ぐ。

たかがジャケットひとつで、そんなに悩まなくていいのに。

「いや、どのみちすぐにクリーニングに出すから、五十嵐さんは気にしないで」

彼女に向かって微笑みながら支払いを済ませ、店員から紙袋を受け取った。

「ん？　杉本君、ほかにも服を買ったんですか？　ひょっとして妹さんに？」

少し驚いた顔をして、俺に聞いてくる。

「まあ、そんなとこかな」

正確には、五十嵐さんのだけどね。

俺は彼女の目を見て微笑した。

「あの……この服、分割払いでいいですか？　こんな高価な物をいただくわけにはいかないよ」

男に物を買ってもらうことに慣れていないのか、困惑した表情で自分が払うと主張する。素直に受け取ればいいのにと思うが、そこが彼女らしいのかもしれない。

律儀な性格なんだな。カフェでも自分の分は払うと言い張っていたし、しっかりしてる。ご両親もキチンとした人たちなのだろう。

「俺の巻き添えを食《く》ったのは、五十嵐さんでしょう？　こっちが迷惑かけたんだから気にしないで」

負担にならないような言い方をしてみたが、それでも彼女は納得しなかった。

「でも……」

困った顔をして、今着ているワンピースをじっと見る。

参ったな。こんな顔をさせたくて彼女に服を買ったわけじゃないんだが。

ハーッとため息をつきたいのをこらえ、髪をかき上げようとしたら、腕時計の文字盤が目に入った。

もう午後七時半を回っている。ぐずぐずしている時間はない。ここで押し問答になったら、日が暮れてしまう。

「じゃあ、次はメガネ屋さんに行くよ」

そう声をかけて急き立てたら、彼女はギョッとした顔で首をブンブンと横に振った。

「えっ？　本当にもういいですから、これで失礼し――」

「よくない」

帰ろうとする彼女の手をギュッとつかみ、とびきりの笑顔を向ける。

「早く行かないと店が閉まるから」

長年培《つちか》ってきたキラースマイルで有無を言わさず、タクシーを捕まえてメガネ屋に向かう。

車内では手を離したが、それでも居心地悪そうに縮こまって黙り込む彼女を、少しリラックスさせたくて話しかけた。

「五十嵐さんは、コンタクトをしないの？」

何げなくした質問に、彼女は急に表情を曇《くも》らせる。

「……昔はたまに着ける時もあったんですけど、メガネのほうが楽なんです」

声に元気がない。

これは、聞いてはいけない質問だっただろうか。

場の空気を読んで、俺は少し話題を変えた。

「そっか。でも目が悪いと大変だね。裸眼で俺の顔、ちゃんと見える？」

彼女の目を覗き込むようにして、顔を近づける。

染みひとつない綺麗な肌。鼻に触れそうな距離まで近づくと、彼女は目を丸くして大きくのけぞった。

「す、す、杉本君、それ近すぎだから‼」

俺の行動に動揺して、わなわなと震えている。

この、敵を怖がる小動物のような反応。俺ってどれだけ彼女に恐れられてるんだ？

「ごめん。どれだけ見えてるか心配になってね」

苦笑しながら謝るが、内心、彼女の態度が少しショックだった。

ほかの男性社員とは普通に接しているし、男が怖いというわけではないと思う。ということは、やっぱり俺が苦手なんだよな。そう考えると、面白くない。

どうしたものかと考えを巡らせていたら、メガネ屋に到着した。

店に入って、黒くて地味なフレームを迷わず手に取る彼女に、「いつもと違う物も試してみたらいいよ」と声をかける。そして、色白の肌によく馴染《なじ》み、あか抜けて見える赤のフレームを選んだ。

ここでも会計時にひと悶着《もんちゃく》あったが、「俺が払う」と押し通して店を出て、タクシーで次の目的地へ……。麻布《あざぶ》にある、オシャレでこぢんまりとしたトラットリアに向かった。


店の前でタクシーを降りると、彼女は「ここはどこ?」と聞きたそうな様子で辺りを見回す。

そんな彼女の肩にポンと手を置いて、にこやかに微笑みながら食事に誘った。

「せっかくだから、食事して帰ろう。ここのイタリアン、美味しいんだ」

普通なら「うん、いいね」という返事が来るが、予想通りというか、彼女の対応は違った。

「杉本君……あの……私はメガネも買ってもらったし、今度こそこれで失礼し――」

ペコリと頭を下げ、俺の前から去ろうとする彼女の腕をすかさずつかみ、俺は笑顔を作った。

「何言ってんの？　五十嵐さんもお腹空《す》いてるでしょう？　付き合ってよ」

かなり強引なのは自分でもわかっている。それでも、彼女のことをもっと知りたかったし、自分のことも知ってもらいたかった。

「いや……でも……私の祖父――」

また五十嵐さんのおじいさんの登場か？

だが、もう言わせない。

「『私の祖父が危篤で』とか言うのはなしね」

不敵な笑みを浮かべて先手を打ち、彼女の手を強く引いて店に入る。

店内は綺麗なキャンドルが灯されていて、落ち着いたムード。

店員に窓際の席に案内されるが、彼女はバッグを強く握りしめ、どこか落ち着かない感じ。

「バッグ、横の椅子に置いたら？」

隙あらば逃げ出しそうな顔をしている彼女に穏やかに声をかけ、椅子に腰掛けた。

「あっ……うん」

彼女は気が進まない様子で、バッグを隣の椅子の上に置き、席に着く。

その不安そうな顔。所在なげに店員が置いていった水の入ったグラスを両手でしっかり持ち、そのグラスをじっと見つめている。

彼女を観察しながらメニューを手にし、何を飲みたいか聞いた。

「五十嵐さんは、飲み物は何がいい？」

俺が何か言うたびに、彼女の身体はビクッとなる。

自分で言いたくはないが、これではまるで『蛇《へび》に睨まれた蛙《かえる》』だな。俺って、彼女の中でどれだけ悪者なんだろう？

「え？　わ……私は水で」

彼女は手に持っていた水を、ごくごくと一気に飲み干した。

「喉渇《のどかわ》いてたんだ？　でも、水だけじゃあムードがないかな。ミモザとかどう？」

緊張した様子の彼女に、お酒を勧める。

少しでも飲めば、リラックスするだろう。

「ミモザ？」

俺の言葉に、目を大きく開いて可愛く首を傾げた。

「オレンジジュースが入った、シャンパンベースのカクテル。好きじゃなかったら飲まなくていいよ」

「オレンジジュース……だったら大丈夫かな」

数秒考え、俺の目を見て小さくコクッと頷く。

……メガネが邪魔だな。あの可愛い目が直接見られないのは残念だ。

店員を呼んで五十嵐さんにミモザ、自分には白ワインを頼み、前菜とパスタなどの食事もオーダーする。

お酒が運ばれてくると、彼女は黄色いミモザの入ったグラスをまじまじと見つめた。

「ほんとにオレンジジュースみたい」

「じゃあ、今日はお疲れ」

軽く乾杯して、互いにグラスを口に運ぶ。

彼女はまず、ひと口試すように少しだけ飲んだ。

「あっ、飲めるかも。美味しい」

口に合ったのか、そんな感想を漏らしてもう一度口にする。

「それはよかった。でも、カクテルだから気をつけて。五十嵐さんはお酒強いの？」

飲みすぎないよう優しく注意する。彼女を酔いつぶすのが目的ではない。お酒を勧めたのは、心を開いてもらうためだから。

「ううん。ビールはほとんどダメで、カクテルをちょっと飲む程度かな？　杉本君は強そうだね」

俺を見てそんな言葉を口にすると、微かに笑った。

「まあ、弱くはないかな。普段は嗜《たしな》む程度しか飲まないけどね」

大学時代に仲間で酒を飲みに行って泥酔した時のことを話したら、少し俺に慣れてきたのか話に食いついてきた。

「え〜、泥酔する杉本君なんて想像つかないよ」

クスクス楽しそうに笑いだす彼女を見て、こちらも自然と頬が綻《ほころ》ぶ。

アルコールが効いたのか、緊張も解けていい感じ。

彼女の笑い声が耳に心地いい。

場が和んできたところで、サラダやパスタが運ばれてきた。

「やっと来たね」

俺がサラダを小皿に取り分けると、彼女も慣れた様子でパスタを皿に盛りつけ、ふたりで「いただきます」と言ってから食べ始めた。

「さっきの話に戻るけど、俺のどういう姿なら想像つくの?」

これまでの態度から、彼女が俺のことをどう思っているのか気になった。

パスタをフォークに巻きつけながら尋ねれば、彼女はミモザの入ったグラス片手に、ニコニコ顔でしゃべりだす。

「大きなお屋敷に住んでて、家に帰ると百人くらい使用人がいて、みんな杉本君にかしずくの。それで使用人の女の子のひとりと恋仲になってね。それがご両親にバレて駆け落ちして……」

陽気にキャハハと声をあげて笑う彼女を見て、少し呆気に取られた。

「……五十嵐さん、すごい想像力だけど、残念ながらうちには住み込みの使用人なんていないよ。おばさんの家政婦が週に何回か来るだけ」

苦笑いしながらそう訂正すると、彼女は頬をピンクに染め「そうなんだあ。残念」と明るく笑った。

「だって、御曹司と使用人との恋って燃えそうじゃない? 使用人の女の子は身分違いだから、『ほかの人と結婚してください』とか言って……でも、学ちゃんは『お前じゃなきゃダメなんだ』って彼女を抱きしめて……わ～、きゃ～、いいね、いいね、そんな恋愛」

嬉々とした表情で妄想にふけり、グラスを口に運ぶ彼女。

同意を求められても困る。それに『学ちゃん』って……俺か？　目も据《す》わっているし……これは酔ったな。

チラリと五十嵐さんのグラスに目を向ければ、もう中身を全部飲み干していた。

カクテル一杯で酔うなんて、彼女は本当に酒に弱いんだな。

「五十嵐さん、酔ったみたいだけど大丈夫？」

「酔ったかなあ？　なんか身体がふわふわしてるよ。でも、このパスタ美味しいし、幸せ〜」

パスタを口に運び、とろんとした目で可愛く微笑む。

「ねえ、学ちゃん、学ちゃんって双子？　それとも三つ子？　なんか学ちゃん増えてない？　キャハ」

俺の呼び名は『学ちゃん』で決定なのか？

「それは、五十嵐さんが酔っ払っててそう見えるだけだから」

やれやれと額に手を当てながらそう訂正するが、本人は俺の言葉を「ふ〜ん」と軽く流し、店員を呼ぶ。

「すみませ～ん。ミモザくだ……うぐ‼」

彼女が急に表情を変え、手で口を押さえる。その顔は真っ青だ。

「すみません！　水と濡らしたタオルを持ってきてもらえますか？」

慌てて店員にそうお願いして、彼女の肩を抱き、トイレに連れていく。

「もうすぐだから、頑張って」

男女共用の個室トイレに入ると、彼女は屈み込んで苦しそうに吐いた。

「吐けば楽になるから、大丈夫だよ」

彼女の背中をさすりながら、優しく声をかける。

「……気持ち……悪い」

つらそうに肩で大きく息をする彼女。

ミモザ……飲ませるんじゃなかったな。次からは気をつけよう。

吐き気が治まった頃、店員が気を利かせて、タオルと水をトイレまで持ってきてくれた。

「五十嵐さん、口の中が気持ち悪いでしょう？　これでうがいして」

俺が水の入ったコップを彼女の顔に近づければ、彼女はぐったりした顔でうがいをする。

その様子をそばでじっと見守り、うがいが終わると、俺は彼女の額の汗を拭《ぬぐ》った。

「気持ち悪いの、治った?」

俺が様子を窺うと、彼女は縮こまって自分の肩をかき抱いた。

「もしかして寒いの?」

「……うん」

彼女はうつろな目で、小さく頷く。

急いで店員を呼んで会計を済ませると、タクシーを呼んでもらい、ふたり一緒に乗り込んだ。

「五十嵐さん、家どこ?」

「家? う〜ん、あっち?」

目をしばたたきながら、彼女は子供のように右側を指差す。

……これはダメだな。彼女のバッグを探るのはちょっとマズいし、俺のマンションに連れていくか。

ハーッと軽くため息をついて、タクシーの運転手に行き先を告げた。

「広尾《ひろお》までお願いします」

チラリとルームミラーに目をやれば、ブティックを出た辺りから、見覚えのある黒いセダンにあとをつけられていた。

さては詩織の差し金か。

タクシーの運転手が車を発進させると、俺の膝の上に頭を乗せている彼女が俺の腕をつかんだ。

「学ちゃん……寒い」

「すぐに着くから、もう少し我慢《がまん》して」

優しく告げ、彼女の頭を撫《な》でる。


十五分後にタクシーが自宅マンションの前に停車し、俺は彼女を抱き抱えて部屋に連れ帰った。玄関で彼女のパンプスを脱がせ、まっすぐ自分の寝室へと連れていく。

「ここで寝てて」

俺のベッドに彼女をそっと下ろし、布団《ふとん》をかける。

「寒い……寒い……」

彼女は布団の中に入っても、うわ言のように呟いて震えていた。

「何か着替えを持ってくるから」

彼女のメガネを外してサイドテーブルに置き、寝室を出て着替えと体温計と水を用意する。

「……風邪をひいたか？」

寝室に戻れば、寒いのか布団を頭まですっぽり被《かぶ》っていた。

「五十嵐さん、着替えよう」

「違うよ、梨花だもん」

布団を被ったまま、拗《す》ねた口調で訂正する彼女。

「はいはい、梨花。着替えようね」

彼女は起き上がる力もなさそうなので、俺が手を貸して服を着替えさせる。

俺のグレーのジャージを貸したが、彼女にはかなりブカブカだった。

思わずクスッと笑うと、彼女に叱《しか》られる。

「笑わないで！　梨花はつらくて寒いんだから！」

むくれた顔が可愛い。なんだか中学生の時の妹を思い出すな。まあ、あっちはかなり生意気だったけど。

「ごめん、ごめん。じっとしててね」

子供を諭すように言って、熱を測る。

体温計の数値はすぐに上がって……。

「……三十八度二分」

これは高いな。

体温計をしまい、氷枕を取りに寝室を出ようとすると、彼女に手をつかまれた。

「行っちゃうの？」

潤んだ目で聞かれ、ドキッとする。

本人は酔ってて無自覚かもしれないが、この目は反則だ。今日、同期会に行かなかったのはよかったかも。この顔は、ほかの男には見せられないな。

「大丈夫だよ。すぐに戻る」

笑顔を作って頭を撫でてやるが、彼女は俺の手を離さない。

「……寒い」

「わかった。どこにも行かないよ」

彼女の目を見て言って、俺は安心させるようにその手を握り返した。片手でネクタイを解いてサイドテーブルに置くと、そのまま着替えずにベッドに入る。

「これで温かくなるよ」

彼女の身体を抱きながらその背中をゆっくり撫でていると、安心したのか数分後には彼女の寝息が聞こえてきた。

やっと眠ったか。

彼女の寝顔を見て、自然と笑みがこぼれる。からかうつもりが、結果的には俺が振り回された。

ハラハラさせられた夜。

このままもう少し抱いているか、もう少しだけ……。


しばらくしたらベッドから出るつもりだったのに、彼女を抱いたまま寝てしまい、気づけば朝。

カーテンの隙間から、日が差し込む。

「う……ん」

身じろぎしながら目を開けると、五十嵐さんは俺の胸に頭を預けながら寝ていた。

「こんなにぐっすり眠るつもりはなかったんだが……」

普段、寝つきがいいほうではないのに、他人と一緒に寝て朝まで起きないなんて、この抱き枕がよほど気持ちよかったらしい。

それに、俺……上は何も着ていない。梨花の身体が熱くて夜中に脱いだんだな、きっと。

乱れた前髪をかき上げ、少しボーッとしたままどことなく視線をさまよわせていたら、昨夜着ていたシャツがベッドの下に落ちていた。

彼女の髪が直接肌に触れて少しくすぐったいが、そのことに小さな幸せを感じる。

あっ、そういえば熱は？

昨夜熱があったのを思い出し、慌てて手を伸ばして彼女の額に手を当てた。

「……大丈夫そうだな」

とりあえず熱が下がっててよかった。

「こんなにすやすや眠ってて……危機感はないのか？」

自分がここに連れてきたとはいえ、彼女の無邪気な寝顔を見て少し呆れてしまう。

こんなに無防備で眠られると、悪さしたくなるんだよね。それに……オスの本能とも言うべきか、自分だけのものにしたくなる。

俺は彼女の首筋に顔を近づけ、ゆっくりと口づけた。

「うう……ん」

俺のキスに、彼女の身体がビクンとなる。首筋には、俺がつけたキスマークがくっきりついていた。彼女の反応を想像し、ひとりほくそ笑む。

「気づいた時に、発狂しなきゃいいけど」

衝撃的なキス

「う……ん、喉……カラカラ」

喉がいがらっぽくて目を開けると、美しい青年がじっとこちらを見ていた。

ええ？

まだ寝ぼけているのかと思って何度も目をしばたたく。だが、目の前にいるのはいくら見ても、私の苦手なイケメン同期で……。

杉本君‼

私の身体は、氷のように固まった。こんな目の前に顔があったら、どんなに目が悪くても誰だかわかる。

「梨花、おはよ。水飲む？　ひとりで飲めないなら、口移しで飲ませてあげようか？」

目の前の青年は枕に片肘《ひじ》をつきながら楽しげに頬を緩めるが、この状況を理解していない私には、彼の質問に答える余裕などなかった。

悪い夢でも見てるのだろうか？　なんで杉本君と同じベッドでこんなに密着してるの～⁉　しかも……しかも……杉本君、上半身裸なんですけど～‼　なんで？

彼の身体を凝視しながら、考えを巡らす。

私と杉本君に限って何かあったとは考えられない。考えられないけど……どうして彼は服を着ていないの？　じゃあ私は？

ふと自分の着衣が気になって恐る恐る自分の身体に目を向けると、なぜか男物らしきグレーのジャージを着ていた。

服を一応着てるから、杉本君に抱かれてはいないと思う。多分……。

でも、なんでジャージ姿？　思い出せ、梨花！

昨日の夜は、確か……イタリアンの店でミモザってカクテルを飲んで……それが結構美味しくて、杉本君と何話していいかわからなくて、ミモザをひたすらチビチビ飲み続けた。で、気持ち悪くなって……杉本君にトイレに連れていってもらって吐いて……それから……それから……ん？

「嘘《うそ》……。思い出せない」

サーッと顔から血の気が引いていく。

何？　この少女漫画のような展開。漫画の読者なら、このシチュエーション、美味しいって胸キュンするところだけど、自分がその当事者になると悪夢でしかない。

記憶をなくして、男の人の隣で目覚めるなんて最悪。こんな失態、二十六年も生きてきて初めてだ。しかも、その相手が杉本君だなんて……この世の終わりだよ～。

いろいろ考えると、頭痛がしてきた。

「頭……痛い」

顔をしかめながら、右手で頭を押さえる。

「梨花、大丈夫？」

杉本君の顔が目の前に迫ってきて、私のおでこにコツンとその額が当たった。

伝わる彼の体温に、思わずドキッとする！

な、な、何事？　今のは頭突《ずつ》きですか？

息を止めてじっと様子を窺っていたら、杉本君が私から離れ、穏やかな声で言った。

「もう熱はなさそうだね」

熱？　ああ……熱があるか調べてたのか……じゃない‼

「な、な……なんで……」

そんな恋人みたいに触れてくるの～⁉

ひどく動揺して、言葉にならない。顔の熱が一気に上がり、心臓がバクバクしてきた。異性にこんな風に触れられたのは初めてだ。

「ん？　何？　大丈夫、梨花？　顔が真っ赤だけど、やっぱり熱があるのかな？」

杉本君の手が私の額に伸びてきたので、思わずその手をつかむ。

「だ、大丈夫だから」

うろたえながらもそれだけ伝えると、彼の手を離してベッドからガバッと起き上がった。

落ち着くのよ、梨花。静まれ、私の心臓。

胸を押さえ、自分にそう言い聞かせる。

「本当に大丈夫、梨花？」

私をじっと見つめてくる杉本君。

その目が少し笑っているように見えるのは気のせいだろうか？　それに、さっきからやたらと下の名前で呼ばれてるような……。一体、昨日何があったの～？
メ、メ、メガネはどこ？
壊れたロボットのように首を左右に何度も動かして探せば、彼が「ああ、メガネ？」と言って、私に手渡す。

メガネを装着して少し冷静さを取り戻した私は、ベッドの上にちょこんと正座して彼を見据えた。

「杉本君」

意を決して昨夜のことを聞こうとしたのに、彼はそんな私の出鼻をくじく。

「『杉本君』だなんて他人行儀だなあ。昨日は『学ちゃん』って、何度も呼んでくれたのに」

「えっ、嘘でしょう⁉」

本当に、私が彼をそんな風に呼んだの？

ショッキングなことを聞かされ、目が点になる。

そんな私を杉本君は面白そうに眺めながら、ベッドからゆっくりと上体を起こした。

なんともセクシーな姿。普段目にすることのない男性の裸体に、思わず目が釘付けになった。自分の置かれている現状を忘れ、彼の身体を見てボーッとする。

「綺麗……」

そんな言葉を、ついポロリと口にしてしまう私。

ほどよく筋肉のついた杉本君の、その綺麗な身体。

普段ジムとか行って鍛えてるんだろうな。

見てはいけないと思うのに、どうしてもその身体に目がいってしまう。

「……梨花、梨花、ちゃんと起きてる？」

杉本君の身体に見とれていた私は、名前を呼ばれてハッと我に返った。

「お、起きてます！」

慌てて返事をして彼からスッと視線を外し、身体を見ていたことをごまかすように辺りをキョロキョロと見回す。

見たこともない高級そうな広い部屋。十二畳くらいあるんじゃないだろうか？　テレビや小さな冷蔵庫もあるし、セレブの寝室って感じがする。高そうなキングサイズのベッドに、壁にはスポーツカーっぽい写真が飾ってあるし……。

ここは、もしかして……杉本君の家？　でも、どうしてこうなった？　ああ、もうわからない。彼の前で、お酒なんか飲むんじゃなかった。

「あの……すごく間抜けな質問していいかな？　どうして私はここにいるんだろう？」

「覚えてない？　昨日、梨花はイタリアンの店で酔っ払ってトイレで吐いたんだよ。そのあと俺がタクシーに乗せたんだけど、梨花が眠っちゃって仕方がないからうちに連れてきたんだ」

……吐いたのは、なんとなく記憶がある。杉本君が介抱してくれて……。でも、タクシーに乗ったのは全然覚えていない。

私の反応を窺いながら、彼はニコニコ顔で話を続ける。

「連れてきて着替えをさせてベッドに寝かせたんだけど、発熱していてね。『寒い』って梨花が震えて、俺の手を離してくれなかったんだ。だから、しばらく一緒にいようと思ってベッドに入ったんだけど、気づいたら朝になってた」

「……着替えさせた？」

杉本君のその説明が気になって、自分が今着ているジャージに目をやる。

自分で着替えた覚えはない。……ということは、彼に服を脱がされて着せられたってこと？

わー、わー、わー！　嘘でしょう⁉　考えただけでも死にそう～。下着姿とかも見られた？

私の思考を読んだのか、杉本君が不意に顔を近づけて私の耳元で囁いた。

「梨花のピンクのレースの下着、可愛かったよ」

身体がゾクッとして、私は思わず自分の肩を抱く。

ピンクのレース。当たってる～‼　み、み、見られた～‼　恥ずかしい。ああ～もう～、ブラックホールがあったら飲み込まれたい～。

「ねえ、梨花、俺も寝ちゃったから昨日の夜はあまり記憶ないんだけど、梨花の身体がすごく熱かったのは覚えてるよ」

杉本君が甘く囁き、私の身体をギュッと抱きしめる。

彼の意味深なセリフに、私はさらなるショックを受けた。心臓がドクンッと大きな音をたてる。

私の身体が熱かった？　杉本君は、上半身裸。それって……それって……絶対にあり得ないと思うけど……。

「す、杉本君、それって私と杉本君が……」

それ以上は、怖くて口に出して言えなかった。心臓がいまだかつてないくらいバクバク鳴っている。

杉本君と私が一緒に寝た？　そんなの信じられないし、認められない。

私が硬直していると、彼がククッと肩を震わせて笑いだした。

「冗談だよ」

「は？」

間抜けな声が出て、彼をポカンと見る。

「だから、俺と梨花はまだ何もないよ。多分」

杉本君がいたずらっぽく笑う。

『まだ』？　『多分』って何？　絶対、私をからかってるよね？

「……杉本君、からかわないでよ。じゃあ、なんで杉本君は上半身裸なの？」

彼の言葉だけじゃあ、本当なのかわからない。

「上半身だけだと思う？」

まさか！　下もはいてないの⁉

そのセリフにギョッとした。

すごく気になるけど、布団の中は怖くて見られない。

「そんなお化けを見るような目で見ないでよ。なんか傷つくなあ。大丈夫、下はちゃんとはいてるよ。上は多分、梨花の身体が熱くて夜中に脱いだんだと思う。昨日はいろいろ大変だったなあ」

杉本君はベッドから出て、「う〜ん」と両腕を上げて軽くストレッチする。

一瞬、手で目を覆ったが、気になって指の隙間からチラチラと彼を覗き見た。

よかった。本当にちゃんとズボンはいてる。しかも……スーツの。きっと私のせいで着替えもできなかったんだ。どうしよう〜‼

杉本君に介抱させて、こんなに迷惑かけて……私、無事ではすまない。

「迷惑かけてごめんなさい。どうか、どうかクビにするのだけは勘弁《かんべん》して！　なんでもするから」

今会社をクビになったら路頭に迷う。それだけは避けたい。

私はベッドの上で、なりふりかまわず土下座した。

「クビ？　大げさだな。俺たち、ひと晩をともに過ごした仲じゃないか」

杉本君は、私の顎をつかんで目を合わせる。

「そ、その言い方はちょっと語弊があるかな。ただ添い寝しただけだよね？」

杉本君の漆黒《しっこく》の瞳が怖くて、ゴクリと唾《つば》を飲み込んだ。

「そうとも言えないかなあ」

フッと微笑して、杉本君が言葉を濁《にご》す。

この笑顔……黒すぎて怖いんですけど。なんなのよ～‼　気になって仕方がないじゃないの～。

「何かあったの？」

恐る恐る聞いてみると、杉本君は口角を上げ、私の口調を真似て聞き返す。

「言っていいの？」

彼の意地悪な顔を見て、私はハラハラした。知りたいけど……知りたくない。これ以上の失態、受け入れられない。それに、彼の言葉遊びに付き合うのは危険だ。

勇気を振り絞って、はっきりと彼に告げる。

「やっぱり言わなくていい。できれば昨日のことは、お互いなかったことにしてほしい。その『梨花』って呼ぶのもやめてくれないかな？　ほかの人が聞いたら、変な誤解を招くよ」

何もなかったことにして、いつもの平穏な生活に戻りたい。彼だって、私のような地味な女と噂になるなんて嫌だろうし……。

「却下」

杉本君が、私の目を見てニヤリとする。

「え？」

彼の返答に驚いて、目を大きく見開いた。

「他人のことなんてどうでもいい。俺はね、梨花のこと結構気に入ってるんだ。このチャンス、逃さないよ」

杉本君の目がキラリと光る。

その目を見て身体がブルッと震えた。

美人でも才女でもない冴《さ》えない私を、気に入ってるなんて嘘だ！　昨日は酔いつぶれて面倒もかけちゃったし、『邪魔に思ってる』の間違いじゃないの？

彼が何を考えているのか……全然わからない。すごく悪寒がする。このままここにいてはいけない。早く彼から逃げないと……。

「……あっ、会社行かなきゃ」

私は焦りながら、この場から逃げ出す口実を考えた。

「も、もう会社に行く時間じゃない？」

そう言って杉本君から目線を外し、時計を探す。

辺りを見回すと、壁にオシャレなアンティークの時計がかかっていて、文字盤は八時五十分を指していた。

会社の始業時間は午前九時。今いる場所がどこだかわからないけど、瞬間移動でもしない限り間に合わない。

「ヤ、ヤバい、遅刻！」

私は声をあげ、慌ててベッドから飛び下りる。だが、バランスを崩して転びそうになったところを杉本君に抱き止められ、捕獲された。

「そんなに慌てなくてもいいよ。課長の江口《えぐち》さんには十時フレックスって言ってあるから」

「え？　江口課長に？」

彼の説明にうろたえずにはいられない。

なんでまた、そんな面倒臭いことをしてくれたの⁉　家族でもないのに、私の連絡

まで杉本君がしちゃったら、私たちが怪しい関係なんじゃないかと江口課長に疑われるじゃない‼

「梨花、時間短縮のため、一緒にシャワー浴びる？」

杉本君がゆっくりと私の頰を撫でる。

どうして、彼がこんなに私にかまうのかわからない。

嫌な汗が背中をスーッと流れた。

「……ご冗談を」

ハハッと顔を引きつらせ、私は彼の胸に手を当てて逃れようとするが、離してもらえない。

「なんで距離を置こうとするの？　もしかして、漫画ばっかり読んでて、現実の男に慣れてない？　だったら、これを機に本当の男を知るのもいいんじゃないかな？」

勝手に決めないでほしい。私はそんなの望んでいない。

「私は……二次元の世界に満足してるんです！」

もうバカにされてもいい。

必死に杉本君の腕から逃げようとするが、彼はそんな私を嘲笑《あざわら》うかのようにギュッと身体を抱きしめてくる。

「でも、それじゃあ、人生つまらないよ」

妖艶《ようえん》に微笑んだと思ったら、杉本君は私の頭をガシッとつかんで、いきなり私の唇《くちびる》に噛《か》みつかんばかりにキスをしてきた。

な、なんで⁉　思考が完全停止。

脳天から星が飛び出そうなほど驚いていると、杉本君は私の目を見てニヤッとし、私の口をこじ開けてさらにキスを深める。

「う……んん」

全身を甘いしびれが襲う。初めて知る、とろけるような感覚。意識がどこかに飛んでいきそう。

抵抗できないまま時間が過ぎ、気がつけばすっかり杉本君に翻弄され……。

「現実のキスのほうが刺激的でしょ？」

彼の嘲笑《ちょうしょう》に満ちたその声で、ハッと我に返る。あまりの衝撃に私は声をなくした。

す、す、杉本君にチューされた〜！

初めてのキスは漫画みたいにロマンティックにってずっと夢見てたのに、刺激がありすぎだよ。

私はしばらく放心状態で、すぐには動けなかった。

空気読んでください

「もう聞いてくれる⁉　昨日の同期会、杉本君が来るかと思って楽しみにしてたのに、まさかのドタキャンよ。ほかのいい男も彼が来ないってのがわかると、金も置かずにどっかに消えるし……」

総務課にいる親友の篠原絵里《しのはらえり》は、社食でクリームパスタをつつきながらやさぐれていた。

身長百六十五センチ、ゆるふわパーマの茶髪は腰まであり、顔は目がキツめだけど美人の部類に入る。

新人研修で同じグループだったのが縁で、彼女とは仲良くなった。趣味や性格は全く違うけど、仲はいい。会えば大抵、彼女の恋愛話を聞かされるけれど、無理して会話をしなくてもいいから一緒にいると楽なのだ。

絵里ちゃんは美人なのに、勝ち気でずけずけとものを言う性格だから男に引かれてしまうらしい。

「梨花って、杉本君と高校一緒だったんでしょう？　同じ部署にいるんだし、紹介してよ。あんなに美形で金持ちで仕事も有能な超優良物件、なかなかいないんだから」

絵里ちゃんの頼みに私は顔を青くし、乾いた笑いを浮かべた。

「無理だよ。仕事以外ではほとんど話さないから。ハハハ」

今は彼の名前を聞きたくない。キスのショックからまだ立ち直れていないのだ。

キスってもっと甘酸《あまず》っぱくって、キュンとなるものなんじゃないの？　少なくとも、私が読んでいた漫画ではそうだった。

なのに杉本君のキスで、私は清純な恋愛路線を通り越して、一気に官能の世界へ連れていかれた。

腰が砕けそうになるほど、キスに酔うってどういうこと？

ずっとそうしていたいって思ってしまった。

杉本君のテク……すごすぎ。ああ～、また思い出しちゃった。私のバカ！　もう考えるな！

あんなのキスじゃない。あれはテクが上手だっただけで、気持ちなんて全然こもってなかった。

どうして彼は、私にキスしたんだろう？　ただ私をからかって、困らせたかっただけかもしれない。

今朝《けさ》はあのあと、お互い別々にシャワーを浴び、朝食を食べて一緒に出勤した。

私は『ひとりで出勤したい』って主張したのに、彼は『同じ会社に行くのに何言ってんの』と全く聞く耳を持たなくて……。

杉本君の後ろをトボトボ歩きながらオフィスに入ると、うちの課のみんなが一斉に私たちのほうを見て、決まりが悪かった。

特に江口課長の刺《さ》すような鋭い視線、痛かったなあ。

あの時は、回れ右して家に帰りたくなった。

そりゃあ、フレックスでふたり一緒に出勤したら目立つし、噂になるよね。

『なんで五十嵐さんが杉本君と一緒に？』

そんな女子社員のひそひそ声も聞こえてきて、私はいたたまれなくなった。

おまけに杉本君は、みんなの前で『梨花』と私の名前を親しげに呼んだのだ。

あれは絶対、わざとだ。私が困るのをわかっていて言ったに違いない。だって、彼の目は笑っていたから。

『この資料、まとめておいてくれない？　あっ、でも体調悪かったら無理しなくていいよ、梨花』

杉本君は周囲の視線も気にせず、私の頭をそっと撫でて江口課長と一緒にミーティングルームに消えた。

そのあとの異様な空気といったら……。

みんな私と目が合っても、すぐに逸らして仕事に集中しているフリ。私が杉本君と一緒に出勤した事情を明らかに聞きたがっているけれど、面と向かっては聞けないのだろう。

まあ、私が彼と一緒にいること自体、あり得ないもんね。

有能なイケメン御曹司の杉本君と、地味でパッとしないＯＬの私は釣り合わない。自分でも信じられないよ。男女の関係にならなかったとはいえ、彼とひと晩一緒に過ごしたなんてショックだ。仕事をしていても、あのキスのシーンが何度も頭に浮かんできて、全然手につかない。

現実の男なんてやっぱり嫌だ。好きでもない女に平気でキスできるんだもん。私には理解できないし、そんな恋人なら欲しくない。

だから恋愛は、漫画の世界だけでいい。刺激が強すぎれば読まなければいいんだし、自分が望む時に好きなだけ自分の好きな妄想に浸れる。

お昼の時間まで私は周囲の好奇な視線に耐えて、ランチの時間になると真っ先に社食に逃げ込んだ。

幸いにも、うちの課のみんなは口が堅かったらしい。

絵里ちゃんは、私と杉本君のことをまだ知らない。

ということは、まだ社内にはさほど噂は広まっていないのだろう。まあ、それも時間の問題だろうけど……。

どうしよう～！　女子社員のやっかみが怖い。そういうのが嫌だから、ずっとメガネをかけて地味にしてきたのに。

これから〝ブス〟とか〝冴えない女〟なんて陰口叩《たた》かれるんだろうな。もうどうしたらいいの？　頭が痛いよ。

「あんた、今日は色気づいてない？　なんでメガネ新調して、服まで清楚なお嬢系になってんの？　まさか、男？」

絵里ちゃんが、目を細めて私を見据える。

うわっ、その目怖いよ。お願い！　怒りの矛先を私に向けないで。

「え、絵里ちゃん、今シラフだよね？　私に絡むのはやめてよ～」

できれば、その話題には触れてほしくない。

メガネも今着ているこの水色のワンピースも昨日、杉本君が弁償してくれた物だし。

今朝、昨夜着たピンクの物を身につけようとしたら、杉本君にブティックの紙袋を渡されてビックリした。

『それはシワになってるから、今日はこれを着ていきなよ』

用意周到なのか、たまたまなのか……。妹さんのために買ったと思っていたのにな。あとで洋服の請求書を送られたらどうしよう。昨日値札見た時、一着十万前後はしていたんだよね。

杉本君、私を破産させる気じゃないだろうか？

「話をごまかすんじゃない。メガネも赤いフレームに変わってるし、急にオシャレに目覚めたわけでもないでしょう？」

絵里ちゃんがテーブルをバシッと叩き、私を睨む。

「昨日はいろいろ……事故みたいなことがあってね。でも、たいしたことじゃないから……あはは」

気まずくて、絵里ちゃんから視線を少しずつ逸らした。

昨日、杉本君と一緒だったと言ったら、大騒ぎされるに決まっている。

「じゃあ、その首筋についてるキスマークは何？」

絵里ちゃんが私の首筋をビシッと指差し、鋭い眼差《まなざ》しを向けてきた。

「何？　キスマーク？」

絵里ちゃんの言っている意味がわからなくてキョトンとしていると、彼女はイラ立った様子で言った。

「気づいてないの？　そんな目立つところにあるのに、虫に刺されたなんて変な言い訳しないでよ」

ええっ⁉

「……嘘」

私は手で首筋の辺りに触れてみた。だが、痛みもかゆみもないし、よくわからない。

本当なの⁉　だとすると、杉本君の仕業だよね？　なんで⁉　嫌がらせ？

……そういえば、ただ添い寝しただけだよねって聞いたら、いろいろはぐらかされたんだよね。それはこれだったのか。

ああ～、もう杉本君、なんてことしてくれたの～！

「さあ、吐け。相手は誰よ」

絵里ちゃんが目を細め、フォークを持って私に迫る。

「え、え、絵里ちゃん、落ち着いて。怖いよ～」

激しくうろたえながら後ろにのけぞると、勢いが強すぎたのか椅子が後ろに傾いた。

「あっ‼」

倒れる‼

そう思って目を閉じれば、今一番聞きたくないあの人の声が耳に届いた。

「何やってんの？　目を離すと危ないな」

その声に反応して、私の身体がビクッとなる。

き、き、来た〜。

お昼休みくらい心穏やかに過ごしたかったのに、私に逃げ場はないのか。

恐る恐る後ろを振り返ると、左手にトレイを持ち、右手で私の椅子を支えている杉本君が眩《まぶ》しいほどの笑みを浮かべていた。

その後ろには、彼と一緒に打ち合わせをしていた江口課長がいる。

打ち合わせ、ずっとやってればよかったのに……。

そんな失礼なことを思ってしまうのは、仕方がないと思う。杉本君がそばにいるだけで、私まで目立ってしまうのだ。

「気をつけてよ」

杉本君が優しく注意して、私の椅子をもとに戻す。

「……ありがとう」

彼を警戒しながら、とりあえずお礼を言った。

「隣、いいかな?」

杉本君はニコニコ顔で、私のほうに身を屈めて聞いてくる。

私が返事をする前に、絵里ちゃんがとびきりの笑顔で大きく頷いた。

「どうぞ、どうぞ」

「ちょ……待って絵里ちゃん!」

絵里ちゃんに待ったをかけるが、彼女は私をひと睨みして声を潜める。

「梨花は黙ってて」

怖い顔で言われ、私はウッと怯《ひる》む。

そんな私たちのやり取りを見ていた杉本君は、私の横にトレイを置いた。

「ありがとう」

柔らかく微笑みながら杉本君が私の隣に座り、江口課長は絵里ちゃんの隣に座る。

江口課長は、サラサラの黒髪にシルバーフレームのメガネをかけているクールなイケメンで、三十歳、独身。

普段はニコリともしないが、うちの女子社員にはそれがツボらしくて、結構人気がある。冷たいイメージだけど、実は私が採用試験の最終面接に遅刻した時に、社長にかけ合ってくれた、優しくて頼りになる上司だ。

「五十嵐さん、顔色悪いけど大丈夫か？」

江口課長が私にスッと目を向け、気遣わしげに声をかける。

「大丈夫です」

私は、咄嗟《とっさ》に笑顔を作った。

……ダメだ、悪寒がする。

杉本君が苦手すぎて、顔にまで出てしまう。もう隠し切れない。

「うどん、そんなに食べてないね。食欲ないの？　熱は？」

杉本君が私の顔を覗き込み、おでこに自分の額をコツンと当てる。

すると、心臓がドクンと大きな音をたてた。

うわっ、公衆の面前で何をするの‼　心臓発作で死んじゃうよ！　それに、女子社員たちの鋭い視線をひしひしと感じる……。お願いだから私にかまわないで！　彼女たちに恨まれるよ～！

「す、す、杉本く……ん」

弱々しい声で抗議すれば、彼は私の目を見てニコッと笑った。

「う～ん、熱はないみたいだね。冷たいくらいだ」

そ、それは、杉本君のせいだよ。

ひんやりした空気が肌に触れて、鳥肌が立ってきたんですけど……。ああ～、周囲の視線が痛くて耐えられない！　どうやってこの状況から逃げればいいの？

でも、ここで逃げたら場の雰囲気がマズくなって、私の立場がますます悪くなる。

「豆腐とかなら食べられる？」

杉本君はそんな私の心中を知ってか知らずか、自分の小鉢の豆腐を私の口元まで運び、まるで親鳥のように世話をしようとする。

「はい、口開けて」

私が食べるのを、彼は笑顔で待っている。

「す、杉本君、いいよ。本当に大丈夫だから」

ブンブンと頭を横に振って断ると、彼はハーッと嘆息《たんそく》した。

「なんで遠慮するかな。俺はこんなに梨花を心配してるのに」

この闇《やみ》色の目。杉本君の悪魔スイッチ入ったぁ。ひょっとして……怒らせた？　どうしよう～⁉

「朝食もあまり食べなかったよね。少しは食べないともたないよ」

杉本君の発言に、私はカチンと石化して、声も出ない。

な、な、なぜここでバラすの～！　朝食の話なんかしたら、私たちの仲を誤解されるじゃない！

完璧な彼に限って、うっかり発言なんてことはないだろうし……ってことはわざと？　だとしたら、やっぱりカフェで私が目撃したこと、根に持ってるのぉー!?

ドッドッドッと動悸が激しくなる。

私、このままだと……ショック死しそう。しかも、さっきから絵里ちゃんの視線が痛い。

『あとで顔貸しなさい』って、口パクで言っている。

杉本君、私のことは放っておいてよ。

怖くて面と向かって彼に言うことはできず、心の中でお願いする。

「杉本と五十嵐さんって、そういう関係だったのか？」

江口課長が定食を食べていた箸《はし》を止め、私たちをそのクールな目でじっと見る。

「と、とんでもない！」

即座に否定したが、杉本君はうっすらと笑みを浮かべた。

「ご想像にお任せします」

その含みを持たせた言い方に、私は口をあんぐりと開ける。

一瞬間があったが、課長はあまり興味がなさそうに淡々と返した。

「まあ、社内恋愛に反対はしないが、壊すなよ」

『壊す』って……私を？　江口課長、平然とした顔でさらっと怖いことを言わないでください〜。

「すみません。ちょっといいですか？　杉本君、昨日梨花と一緒にいたの？」

絵里ちゃんがもう黙っていられなくなったのか、話に割って入る。

「ちょっと、絵里ちゃんやめてよ！」

私は慌てて彼女を止めた。

杉本君に何も聞かないで〜！

「あんたは口を閉じてて！」

絵里ちゃんが、鬼のような形相で私を睨む。

「ああ。昨日、会社の近くで偶然会ったんだけど、いろいろあって梨花が具合悪くなってね。今日はやっぱり休ませたほうがよかったかな」

杉本君が、気遣わしげに私の頬を撫でる。

「じ……じゃあ、梨花のそのキスマークって……杉本君が？」

絵里ちゃんがブルブル震えながら、私の首筋を指差す。

「絵里ちゃん、変なこと聞かないでよ！」

私は身を乗り出して、彼女の指を咄嗟につかんだ。

杉本君、お願いだから答えないで！

横にいる彼に目で訴えれば、絵里ちゃんの質問には答えず、ただ微笑んだ。

あ〜ん、もう!!　杉本君、その微笑は肯定だから！

私はひとり動揺していた。

周囲のざわめきが聞こえる。きっと杉本君が私なんかにキスして、とかいろいろ言っているのだろう。

ああ〜、早くこの場から消えてしまいたい。

「ああ……そうなんだ」

絵里ちゃんは力なく私の手から指を抜き、杉本君の顔を見てガクッとうなだれた。

「杉本って、結構、独占欲強かったんだな」

江口課長は私の首筋に目をやると、いつものポーカーフェイスでそんな率直な感想を口にする。

あっ、キスマーク……見られた〜！

今さら遅いけど、恥ずかしくて再度首筋を手で押さえる。

そんな私の努力を嘲笑うかのように、杉本君は私をまた困らせる発言をした。

「そうみたいですね。自分でも意外ですけど」

杉本君は私の髪をひと房つかんで、クルクルもてあそびながらクスッと笑う。彼の手をどけたいが、さらにスキンシップを増やされるのが怖くてそれもできない。

前の席に座っている絵里ちゃんは私をじっとりと睨んでいるし、もう嫌〜‼

私を無視して進められる会話に、頭痛がする。

「ほら梨花、あ〜ん」

杉本君が笑顔で私を促すが、その時、女子社員たちの視線が一斉に突き刺さった。

……怖い。

あとで彼のファンに呼び出されたら、どうしよう〜！

そんなことを考えていると、杉本君がニッコリ微笑んで「梨花」と、また催促してくる。でも、その笑顔は私には『手が疲れるから早く食べろ』て言ってるように見えた。杉本君のファンも怖いけど、彼のほうが底知れない怖さを感じて不気味だ。

仕方なく目を閉じて、パクッと豆腐を口にする。

あれれ？　味がしない。身体が緊張しすぎて、味覚までおかしくなったのかな？

思わず顔をしかめた。

「どうしたの？　美味しくなかった？　豆腐の仕入れ先を変えるように、言ったほうがいいかな？」

私の反応を見て、杉本君が恐ろしい言葉を口にする。

「おい杉本、そこまでするか？」

江口課長はそんな杉本君に、呆《あき》れ顔でツッコんだ。

「や、やっぱり、美味しいなあ。このお豆腐、最高」

慌てて演技をして取り繕うが、声に感情がこもっていないし、杉本君が信じるかは微妙。

でも、私のせいでお豆腐屋さんが被害をこうむるなんて困るよ～。

「そう？　じゃあ、この豆腐、梨花に全部あげるね」

杉本君が、また笑顔で豆腐を私の口に運ぶ。

とりあえず、彼が私の言葉を信じてくれたことにホッとして、食欲はなかったけど豆腐を食べ続けた。

「あ～、うらやましいなあ。このふたり。江口課長、今度一緒に飲みに行きませんか？　明日とかどうです？　金曜日ですし」

立ち直りの早い絵里ちゃんは、ターゲットを江口課長に変えたらしい。

イケメンなら誰でもいいの？

「残念ながら、接待があって無理だな」

江口課長は、絵里ちゃんの誘いをさらっと断る。

だが、それで諦《あきら》める彼女ではない。

「あら残念。じゃあ、土日はどうです？　飲みじゃなくても、映画とか」

「週末はジムに行くから」

メガネのブリッジを上げながら江口課長が素っ気なく断るが、絵里ちゃんは課長の腕に手を絡めた。

「奇遇ですね。私も週末は、いつもジムで汗を流してるんです」

ホホッと絵里ちゃんが微笑む。

だが、その目は『逃がすもんか』って必死だ。

「梨花、何ボーッとしてるの？　ちゃんと食べないと、元気にならないよ」

絵里ちゃんと江口課長のやり取りを見ていたら、杉本君に注意された。

「食べられないなら早退する？　その場合、強制的に家に連れて帰るけど」

杉本君は、私の耳元に顔を近づけて囁く。

そんなの嫌だ。このままだと、また彼の家で朝までコースだ。

「大丈夫だから心配しなくていいよ」

食べればいいんだよね、食べれば。

食欲はなかったけれど、私は冷めたうどんを無理やり口の中に押し込んだ。

明日は社食で食べるのはやめよう。また杉本君に捕まりたくない。このままでは胃に穴が空《あ》いちゃう。

漫画を読んでいればそれだけで幸せだったのに、私の平穏な日々はどこに行ったのよ～？

口の中でうどんを噛みながら今の自分を嘆いていたら、目頭が熱くなってきた。

「ん？　梨花、泣くほど美味しい？　でも、慌てなくていいんだよ。梨花と一緒に食べる時間を楽しみたいからね」

杉本君が、とろけるような笑顔を私に向ける。

だが、どうしてだろう？

彼の笑顔を見ると、キリキリと胃が痛くなるのだ。

杉本君、私が涙目になってるのは自分を憐《あわ》れんでいるからだよ。もうこのくらいで勘弁してください。みんな私たちのことを見てるんだよ。

恐怖のあまり、口では本音なんか言えなくて、再度目で彼に訴えてみる。

すると、斜め前の席に座っている江口課長が杉本君に注意した。

「杉本、五十嵐さんをからかうのはそのくらいでやめておけ。五十嵐さんも挙動不審になってる」

江口課長、ありがとうございます！　察してくれて助かります。『挙動不審』ってのはいただけないけど。

「ごめん。これから江口さんと外出するし、梨花の体調が気になってね。頼んでおいた資料はいつでもいいから、気にしないで」

それは意訳すると『頼んだ資料、俺がいなくてもちゃんと作っておけよ』って脅しでしょうか？

午前中は仕事が手につかなくて、彼に頼まれていた資料をまだ作れていない。

「杉本君、ごめんね、ごめんね。杉本君が戻るまでには、資料を用意しておくから」

私は彼に向かって、ペコペコ頭を下げる。

「梨花、どうしたの？　あんた、顔真っ青よ」

絵里ちゃんが私の様子がおかしいことに気づいて声をかけるが、彼女の質問に答える余裕はなかった。

「大丈夫？　梨花」

杉本君も心配そうな顔をして、私の頬に触れる。

その刹那、ビリビリッと身体に電流が走り、私はガタンと音をたてて椅子から立ち上がった。

ひょえ～！　何これ……ひょっとして、これは杉本君の怒りでは？　私がのろまだから怒ってる……？

ダメだ。怖くてもう、彼の顔は正視できない。

「ごめんなさい。お手洗いに行くので失礼します～！」

みんなの顔を見ずにトレイを持ち、この場から脱兎《だっと》のごとく逃げ出した。

妖精懐柔作戦［学ＳＩＤＥ］

「お前、もうちょっと五十嵐さんの扱いを考えたら？」

客先での打ち合わせを終えて電車に乗ると、江口さんが出し抜けに梨花のことを口にした。

江口さんはたまにテレビでも見かける有名な国際弁護士を父に持ち、自身も国内最高峰の大学を主席で卒業後、アメリカでＭＢＡを取得して杉本商事に入社した切れ者。

エリートが集まるエネルギー関連事業部で二十八歳にして課長になり、現在三十歳の彼は今年十月の人事で部長に昇進との呼び声も高い。頭脳明晰《めいせき》、冷静沈着で、うちの経営陣も彼には一目置いている。

アンドロイドのようにやることがすべて的確で、人を寄せつけない雰囲気を持っているが、部下が困っていればすぐに助けるし、頼りになる。

俺も江口さんが上司だと仕事がやりやすい。頭の回転が速くて仕事の状況が変わっても臨機応変に対応してくれるし、重要な交渉事も俺に任せてくれる。

仕事にしか関心がなさそうな彼の口から、まさか梨花の名前が出てくるとは思わなかった。

社食での、梨花の突然の逃亡。

江口さんや総務の篠原さんは、梨花が立ち去るのを見て呆気《あっけ》に取られていたが、昨日の彼女を知っているだけに、俺には予想できない展開ではなかった。

『お手洗いに行く』なんて梨花は言っていたが、あれは俺が怖くなって逃げたな。今朝のキスはやりすぎただろうか？

だが、あんな無垢《むく》な顔をされると、自分の色に染めたくなるんだよな。梨花には、俺は野獣くらいに思われているかもしれない。

キスには慣れていなかったのか、かなり驚いていた彼女。

まさかとは思うが、あれが初めてってことはないよな？　いや、梨花ならあり得そうな気がする。やっぱり、いきなりあのキスはマズかったか。

それにしても、キスひとつでいろいろ考えるなんて俺らしくない。梨花は俺のペースを崩させる才能でもあるのだろうか？

「俺を見て怖がる女って、今までいなかったんですよね。だから、かまわずにはいられなくて」

俺がフッと微笑すると、江口さんは目を細めた。

「五十嵐さんも災難だな。お前みたいな厄介な男に目をつけられて。遊びのつもりならやめておけよ。あの子は、お前が遊びで付き合うような女じゃない」

……いつもの江口さんらしくない。クールな彼が、こんな忠告を俺にするなんて初めてだ。

俺は訝《いぶか》しげな視線を投げた。

「珍しいですね。江口さんが女性社員の心配をするなんて。俺と同じで、女には辟易《へきえき》してると思ってましたけど」

江口さんは女にモテるが、誘いに乗ることはない。いつだって冷ややかな目で女たちを追い払う。

そんな彼が梨花のことを気にするなんて……いろいろ勘繰ってしまう。

「五十嵐さんは、うちの大事な戦力だからな」

江口さんは、澄まし顔で言う。

本音を言うのは避けたか。

「そういえば、江口さんは五十嵐さんをうちの部署に配属するように、人事にお願いしたって噂がありましたが、それは本当ですか？」

彼の目を見据えながら、揺さぶりをかける。

「……この俺が？　あり得ないな。バカバカしい」

彼はメガネのブリッジを上げると、吐き出すように答えた。

だが、一瞬間があった。噂は本当かもしれない。

俺たちの就職が内定した頃に、江口さんは決まっていた海外赴任の話を突然断ったらしいし、これは調べてみる必要がありそうだ。

「すみません。まあ、江口さんが梨花に個人的に興味を持つなんてことないですよね」

俺はクスッと笑ってみせる。

「ふん、それこそあり得ないな。俺は女になんか興味はない」

彼は鼻で笑う。

「それを聞いて安心しました。五十嵐さんとの仲を、誰にも邪魔してほしくないですから」

穏やかに笑いながらも、俺は暗に『梨花に手を出すな』と釘を刺した。

「邪魔……か。安心しろ。お前とは女の趣味は被らない。だが、俺の大事な部下をお前の勝手な行動でつぶすなよ。警告はした」

鋭い眼光。これは本気だな。

「肝に銘じておきますよ。でも、江口さんがそんなに部下思いだとは、知りませんでした」

「部下思い、か。俺は単に、出世の邪魔をされたくないだけだ」

「まあ、そのほうが江口さんらしいですけどね」

彼と目を合わせ、お互いニヤリと口角を上げる。

やはり食えない男だ。

「江口さんの邪魔はしませんよ。うちの有能な幹部に転職されては困りますからね」

「今から経営のことを考えてるのか？　怖いヤツだな」

彼がフッと微笑する。

「うちの会社ほど大きくなると、ひとりで経営はできませんからね。有能なブレーンが必要なんですよ。江口さんみたいなね」

「それは光栄だが、買い被りすぎだ」

「謙遜《けんそん》なんて江口さんらしくないですね。とにかく、梨花のことは遊びじゃありません。本気でアプローチしてるだけなので、ご心配なく」

俺は話を戻して、真顔で彼に告げる。

「だったら、もう少し五十嵐さんに合わせてやれよ。端で見てると、杉本は性急すぎる。あれでは、また今日のように逃げられるぞ」

「ご忠告感謝します。これからは、もっと彼女の気持ちを大事にしますよ」

それから仕事の話をしていると、いつの間にか会社の最寄り駅に着いた。腕時計で時間を確認し、俺は彼に声をかける。

「俺は寄りたいところがあるので、江口さんは先に戻っててください」

笑顔を作って手を軽く上げ、駅前で彼と別れた。

時刻は午後六時三十五分で定時を過ぎているが、資料作成を頼んでおいたし、梨花は多分、まだ仕事をしているはずだ。

ポケットからスマホを取り出し、俺は妹に電話をかけた。

「俺だけど。お前に頼みがあるんだ」

『お兄様。高くつきますわよ』

電話の向こうで、妹がフフッと笑う。

「兄にたかるのはどうかと思うが。お前、昨日のことを早速親父に伝えただろう？黒のセダンにつけられたぞ」

それは、親父が乗っている社用車に似ていた。

数秒の間。

だが、妹は平然とした声でとぼけてみせた。

『あら、なんのことかしら？』

まったく、肝が据わっているというのも困りものだな。

フーッとため息をつきながら、妹に言い放つ。

「そんなごまかしが通用すると思うか？　お前は仕事もしないでフラフラしてるから、余計な真似をするんだ。もう遊ぶのも飽きただろう？　これを機に働くんだな」

冷たい口調で言ったが妹には効果がなかったようで、こちらがイラッとするような言葉を漏らした。

『私、ルールとかに縛られるのって嫌いなんですの』

今、目の前にいたら、怒りで妹の頬をギュッとつねったかもしれない。

「お金がなくなれば、そんなこと言えなくなるさ。お前の預金口座、親父に言ってすぐに凍結してもらおうか？」

ニヤリとしながら、最高の脅し文句を口にすると、さすがの妹も慌てた。

『わ、わかりました！　やりますわ。だから、それはやめてくださいね、お兄様』

口座が凍結すれば、無職の妹にとってはかなりのダメージだ。

「わかればよろしい」

これくらいの脅しですぐに言いなりになるのだから、妹はまだまだ甘いなって思う。

『絶対に、凍結なんてしないでくださいね』

妹は必死な声で念を押す。

「ああ。ところで、女の子の機嫌を取るにはどうしたらいいと思う？」

俺が話題を変えると、彼女は意外そうにクスリと笑った。

『お兄様らしくない質問ですわね？　女性のことなんて、お兄様のほうがよくご存知じゃありませんか？』

「今までの常識が通用しない相手なんだよ」

ため息交じりの声で反論する。

食事に誘えばすぐに断ろうとするし、洋服を買えば『高い』と言って引いてしまう。

正直、梨花にどうアプローチしていいのかわからない。

『甘い物で攻めてみたらどうです？　女の子は、大抵スイーツが好きですわよ』

スイーツね。それはいいかもしれないな。梨花も好きそうな気がする。

「なるほど。参考になったよ。それと、お前にちょっと調べてもらいたいことがあるんだ。詳細はあとでメールするからよろしく」

電話を切ってポケットにしまう。

お菓子を食べて上機嫌の梨花を想像して、思わずクスッと笑う。だが、その時何かが心に引っかかった。

俺……何か忘れてないか？　あっ、そういえば梨花の本、買ってなかったな。

すぐに会社近くの本屋に行き、女性店員に梨花が読んでいた本のタイトルを伝える。

店員は本を見つけると、笑顔で俺に尋ねた。

「カバーをおかけしますか？」

「ええ、お願いします」

柔らかな笑みを浮かべながら答えれば、彼女は頬をポッと赤く染めた。そして本にカバーをかけ、ピンクのリボンをつけてラッピングまでしてくれた。

「どうもありがとう」

会計を済ませて店を出ると、ケーキ屋に寄った。

腕時計を見れば、七時過ぎ。

万が一、梨花に会えなかったことを考えたら、ケーキは生物《なまもの》だし、やめておいたほうがいいかもしれない。少し日持ちする物がいいか。女の子が喜びそうな物……。

ショーケースを見ると、カラフルなマカロンが目に入った。

パステルカラーだし、梨花に合っていそうな気がする。

色とりどりのマカロンを十個買い、俺は会社に戻った。

オフィスに入ると、右側に目を向け、真っ先に梨花を探す。

俺と梨花の席はドアを開けて右奥にある島の中にあり、一番奥が江口課長、その手前が梨花、彼女の斜め前が俺の席になっている。

うちの課のメンバーは四人残っていて、彼女は自席でパソコンとにらめっこしていた。近づいてそっと声をかける。

「ただいま」

「わっ！」

梨花は俺の声にすごく驚いたのか、椅子からガタッと音をたてて立ち上がった。

彼女の反応を見て苦笑する。

俺を妖怪と思っていないか？

「あっ……杉本君、お帰りなさい。あの……資料は机の上に置いておきましたから」

梨花はあたふたして、俺と目を合わせてくれない。

やはり避けられている。

「これ、水浸しにしてしまった本。あと、お菓子はよかったら食べて。美味しそうだったから」

梨花の机の上にラッピングされた本とマカロンが入った紙袋を置くが、彼女はそれらを驚いた顔で凝視したまま動かない。

ん？　どうした？

梨花が何も言わないのが心配で、彼女の肩に触れようと手を伸ばしたが、やめた。

今朝のキスで、俺を警戒しているのかもしれない。それなら、少しは引いて様子を見るか。

優しく微笑んで、そのまま自分の席に着く。

彼女が言ったように、俺の机の上には彼女が作成した資料がピンクの付箋《ふせん》付きで置かれていた。

付箋に目をやれば、『遅くなってすみません。確認お願いします』と他人行儀な文面。見事に、仕事のことしか書かれていない。

パラパラと資料を見ていたら、梨花の視線を感じた。

資料の出来が気になるのか？

「よくできてるよ。ありがとう」

梨花のほうを見て心から礼を言うと、彼女はホッとしたのか「よかった」と呟いて胸に手を当てた。

そんな梨花の様子を可愛いと思いながらもすぐに仕事モードに入り、今日の打ち合わせの報告書作成に没頭する。

途中、クライアントから電話がかかってきたので、耳と肩の間に受話器を挟《はさ》み、英語で応対しながらパソコンのキーボードを叩いた。

その片手間に、前の席にいる新人の男性社員に、「明日の来客の応接室取れてる？」と確認すれば、新人は「あっ！」と思い出したように言って青ざめる。

さては忘れてたな。

新人を注意しようとしたら、すかさず梨花のフォローが入った。

「杉本君、今、特別応接室を予約しました」

俺にはなんの感情もこもらない声で報告するくせに、梨花はその新人社員を励ますように、彼の肩を優しくポンと叩く。

その光景を見て、ドジな新入社員に殺意を覚えた。

なんだろう。このドス黒い感情。胸の中がモヤモヤする。俺が頼りない社員なら、梨花も優しく接してくれるのだろうか？

あっ、何考えてるんだ。こんな血迷ったことを想像してどうする？　俺らしくない。

自分にツッコミを入れながら電話を切ると、ハーッとため息をついて作業に戻った。

約二十分後――。

不意に背後に気配を感じたと思ったら、俺のデスクにコトンと淹《い》れたてのコーヒーが置かれた。

「あの……本とマカロンありがとう。マカロン……私ひとりでは食べ切れないので、杉本君もどうですか？」

梨花が遠慮がちに、皿に載せたマカロンを俺に差し出す。タイミングとしては絶妙だった。

彼女が来てくれて、俺の気も安らぐ。

梨花なりに勇気を振り絞っての行動なのだろう。

そんな彼女が愛《いと》おしく思えた。

「じゃあ、俺はこの水色のをもらおうかな。今日の梨花のワンピースと同じ色だね」

皿のマカロンを手に取り、ニッコリ微笑むと、彼女は引きつり笑顔を浮かべた。

「あはは」

一歩ずつ後ずさる梨花。

確かに挙動不審だな。

彼女は俺から視線を逸らし、そそくさと自席に戻る。

一緒には食べてくれないわけだ。残念。

ふと誰かの視線を感じれば、俺たちのやり取りを少し離れた席から江口さんが見ていて、俺は苦笑した。彼に監視されている気分だ。

今日は大人しくしてますよ。

俺は江口さんに冷ややかな視線を送ると、マカロンをパクリと口にする。

水色のマカロンは爽やかなチョコミントの味がしたが、今の俺には少し物足りない。もっと甘さが欲しい。

梨花が淹れてくれたコーヒーを口に運ぶと、まろやかな味にホッと心が癒《いや》された。

彼女に目をやれば、ピンクのマカロンをつまんで嬉しそうに眺めている。

お菓子に向かって、あんなに幸せそうに微笑むのか。女の子って可愛いんだな。

普段あまり使わないチャットで、梨花にお礼の言葉を伝える。

【コーヒーありがとう。美味しいよ】

俺のチャットに気づいた梨花が目を見開き、俺のほうにハッと目を向けた。

だが、俺はパソコン画面を見て、彼女の視線には気づかないフリをした。目が合えば、すぐに逸らされるのがわかっていたから……。

近くにいるのにチャットを使うのは変な感じがするが、こういうのもたまにはいいかもしれない。少しずつ彼女との距離を縮めていければいい。

【マカロン美味しいです。ありがとう】

梨花からチャットが届いて、自然と笑みがこぼれる。

【食べたらすぐに帰るんだよ】

でないと、また俺にお持ち帰りされるよ。

本心は伝えず、紳士的な文面のみを梨花に送ると、すぐに【はい】と返された。

厄介な監視がいるし、今日は逃がしてあげるよ。今日はね。

マカロンを二個食べ終えた梨花は、デスクの上を片づけて周囲に「お先に失礼します」と挨拶して帰る。手にはマカロンが入っていた紙袋を持っていたから、残りは家に持ち帰ったようだ。気に入ってくれたようでよかった。

「お疲れ様」

江口さんは微かに頬を緩め、梨花に声をかけた。

クールないい上司だけど、彼女には特別甘いと感じるのは気のせいだろうか？

俺は江口さんにチラリと目を向けた。やっぱり、彼がどうしてそんなに彼女を気遣うのか、気になる。

俺は目を細め、ポケットからスマホを取り出し、妹にメールを送った。

うちの社長

今日は、うちのビルの屋上庭園にあるベンチに座り、ひとりお弁当を食べている。杉本君や絵里ちゃんから逃げるためだ。

屋上までエレベーターで行き、屋外に通ずる扉を開けてウッドデッキの階段を二十段ほど上がれば、そこにはお花畑が広がっている。誰でも出入り自由で、いつも色とりどりの花が咲いている都会のオアシス的空間だ。

ここで花を見ているだけで心が安らぐ。

昨日は社食での一件のあと、絵里ちゃんに午後とっちめられ、返答にかなり困った。だって……正直に全部話せるわけがない。

杉本君と同じベッドで寝たなんて言ったら、絵里ちゃんに殺される‼

だから、カフェでのエピソードを話し、被害に遭った服とメガネを杉本君が弁償してくれたことしか伝えていない。

絵里ちゃんには『じゃあ、そのキスマークはどう説明するの？』って、かなり怖い顔で詰め寄られたけど、言い訳なんか思いつかなくてひたすら彼女から逃げた。

私だっていつつけられたかわからないし、キスマークつけられるシチュエーションが想像できない。ううん、想像したくない。

杉本君がいたずらでつけたのか。それとも魔が差したのか。

彼はあんなにモテるのに、なぜ私に絡んでくるのだろう。自分で言ってて悲しいけど、実はゲテモノ好きなのかな?

いや……それはない。やっぱりいたずらだよね。私が困るのを面白がってるんだ。まったくタチが悪い。厄介な人に目をつけられちゃったな。あの日、まっすぐ家に帰っていればこんな困ったことにはならなかったのに……。後悔先に立たずだ。

杉本君もさあ、社食で私の横に座っていろいろと私をいじって楽しむんだもん。生きた心地がしなかったよ。

彼は自分が注目されることに慣れているからいいけど、私はそうじゃない。

それに、今朝は受付の女の子たちとか秘書室のお姉様方に睨まれた。きっと、社食での噂が広まったのだろう。

『玉の輿なんか狙ってないし、杉本君とはなんでもない』と、声を大にして言えたらどんなにいいか。でも、私にはそんな勇気はない。じっと我慢して、変な噂が収まるのを待つしかないのだ。

昨日は午後、杉本君が江口課長と一緒に客先に行ってくれたから助かったけど、定時後に戻ってきた時はどうしようかと思った。

綺麗にラッピングされた本とマカロンをくれて、リアクションに困った。素直に喜べなかったんだよね。だって、私が読む漫画を杉本君に買いに行かせてしまったなんて、申し訳なさすぎて……。

本屋の店員さんに『【腹黒生徒会長と眠り姫】をください』とか言ったのだろうか？　想像するだけで恐怖だよ。

おまけに本と一緒にマカロンまで買ってきてくれるなんて、絶対に何か企んでるよね。だって、『こんな恥ずかしい物を買わせて』って恨まれたかと思ったもん。

仕事ではいつも物腰柔らかい彼が、新人君を叱りつけそうな空気だったから、慌ててフォローした。私のせいで新人君が八つ当たりされたのでは、たまらない。

珍しく殺気立ってる杉本君に、コーヒーとマカロンを献上したのは、彼のご機嫌を取るためだ。まあ、マカロンは彼がくれた物だけどね。

その効果なのか、杉本君の表情は穏やかになり、いつもの彼に戻っていったので、ひと安心。私も美味しくいただきましたよ。

色とりどりのマカロンは、綺麗で可愛くて見るだけで楽しい。庶民の私には、憧れのお菓子だ。

杉本君がまた私に近づいてくるかと思って警戒していたけれど、彼はチャットで私が淹れたコーヒーのお礼を伝えてきた。

チャットを送ってきたということは、社食での大っぴらな態度を反省してのことだろうか。だったらいいんだけどな。

でも、用心のために、私はこうして屋上庭園に避難しているというわけ。

食事くらい落ち着いてしたい。

綺麗な花に癒されるし、お昼を食べるにはここはいい場所なのだ。

お弁当を作れば昼食代も浮く。経済的にもいいし、これからはちょくちょく屋上で食べようかな。何よりこの開放感がいい。

「う～ん、都会のオアシス最高！」

人はちらほら見かけるけど、私に目を向ける人はいない。私は今、すご～く自由だ。

「あっ、飛行機が飛んでる」

空を見上げながら、おにぎりをパクリ。

うん、美味しいな。日本人に生まれてきてよかった。

そう実感しながら水筒のお茶をゴクッと飲む。

「あ〜、ホッとする」

次は、お漬け物を食べよう。

タッパーを開けて、我が家特製のナスの漬け物を箸でつまんでパクリ。

おっ、よかった。今日のは美味しくできている。

また漬け物に手を伸ばそうとすると、不意に落ち着いた男性の声がした。

「ほお、美味しそうな漬け物だね」

「よかったら、どうですか?」

顔を上げ、タッパーを差し出しながらそう声をかける。

でも、目の前にいたのは……。

「しゃ……しゃ……社長!!」

予想外の人物に、驚いて目を丸くする。

息抜きに来た、どこかの部署の部長さんか課長さんかと思ったのに、気さくに応えたことをひどく後悔した。

息子の次は、父親ですか? どこにいても、私に安息の時間は来ないの?

どうしよう〜。差し出したこの手の引っ込みがつかない。

私が目を白黒させていると、社長が身を屈め、タッパーに手を伸ばす。

「いやあ、悪いね」

社長はニコニコ笑いながら漬け物を手でつまみ、パクッと口に入れた。

「おっ、これは美味《うま》いな。私は漬け物に目がなくてね。どこで買ったのかな？　色、ツヤも見事だし、私好みの味だ」

社長は、親しげに話しかけてくる。

背は杉本君と同じくらい高くて、髪も黒々してて、顔はイケメンでダンディー。大企業の社長なのに、とっても気さくなんだよね。私が最終面接で遅刻した時も、こんな感じだった。

会社のビルの数百メートル手前でおばあさんが道に迷ってて、心配だったから送っていってあげたのだ。

私は祖母に育ててもらったし、他人事《ひとごと》には思えなかった。

面接で落とされるのは覚悟していたんだけど、事情を説明したら社長は私ひとりのために時間を取ってくれて、ふたりで三十分も話をした。仕事の話は全然しなくて、ずっと世間話だったなあ。

後日、社長の直筆サイン付きの内定書類が自宅に届いたのは驚きだった。

社長と話すのはあの面接以来。考えてみれば、私がここに就職できたのは、社長と江口課長のおかげなんだよね。

「……これは自分の家で作ったんです」

面接の時のことを思い出しながら、社長に説明する。

「それはすごい。ぬか床があるのかな？」

私の話に興味を持ったのか、社長は突っ込んで聞いてきた。

「はい。祖母からもらった物があって。今日のナスとキュウリは、いい具合にできました」

大学まではずっと祖母の家に住んでいて、会社の寮でひとり暮らしを始める時に祖母にぬか床をもらったのだ。

「白いご飯が欲しくなるね」

社長が私のおにぎりを、物欲しそうに見る。

「……おにぎりしかないんですけど、どうですか？」

そんな目で見られたら、勧めないわけにはいかない。

「いいのかい？　じゃあ、遠慮なく。ランチミーティングで弁当を食べたんだが、毎回似たような物しかなくて飽きてしまってね」

社長はおにぎりを手に取り、嬉しそうに笑って私の隣に腰を下ろした。

「塩おにぎりか。う～ん、塩加減が絶妙だ。美味い」

ゆっくり味わうように、社長はおにぎりを口にする。

「お口に合ってよかったです」

私は社長に向かって微笑んだ。

「飽きない味だ。もっと欲しくなるね」

「あっ、キュウリの漬け物もいかがですか?」

「どれどれ」

社長が頬を緩めながらキュウリの漬け物もつまみ、口の中に放り込む。

パリパリッといい音がした。

「これも美味い」

ふたりでパリパリ音をたてながら漬け物を食べていたら、社長付きの男性秘書の桜井《さくらい》さんが現れた。

「社長、そろそろお時間ですよ」

社長にそう告げながら、私と目が合うと優しく微笑む桜井さん。今の私と社長の様子を見ても、少しも驚いた顔を見せない。

社長が平社員と屋上でお昼を食べているなんて、端から見たら異様な光景だと思うんだけど。

桜井さんは、草食系のイケメン。身長は百七十五センチくらいで、顔は天使のように甘いマスク。三十五歳くらいと噂で聞いているけど、顔が若々しくて二十代に見える。物腰柔らかで人当たりがいいが、仕事にはとても厳しい人らしい。

「おお、もうそんな時間か」

社長はおにぎりの残りをペロリと平らげると、ベンチからスッと立ち上がった。

「美味しかったよ、梨花ちゃん。ごちそうさま」

にこやかに手を振って、社長は桜井さんと一緒に去っていく。

私はそんな社長の後ろ姿を見送りながら、呆気に取られた。

え？

名札をしているから『五十嵐さん』と呼ぶならわかるけど、下の名前で呼ぶなんておかしくない？　ちゃんと話をしたのも、社長面接以来だよ？

しかも、息子は呼び捨てだし。親子揃ってなぜ私を親しげに呼ぶのか……。

「……なんか、一気に食欲なくした」

タッパーの蓋《ふた》を閉めて片づけようとすると、今度は息子のほうが私の前に現れた。

「食堂にいないと思ったら、こんなとこにいたんだ」

口元に笑みを浮かべながら、杉本君が私に近づく。

き、き、来たよ〜。やっぱり昨日の漫画、買いに行かせたこと怒ってる？

〝クビ〟って言われる前に謝ろうとしたら、彼がスーツの内ポケットから封筒を取り出し、私に差し出した。

「これ、いらないから」

その封筒は、杉本君が離席中に、私が彼のデスクの上に置いた物だ。中には、杉本君が私のために購入したメガネと洋服代の返済計画書と、五万円が入っている。

弁償といっても、私が使用していた物とはひと桁《けた》も金額が違う。それを平気な顔をして受け取れるわけがない。

本当は一括で返したかった。でも、生活費の関係もあるし、勝手ながら分割払いにさせてもらったのだけど……。

やっぱりマズかった？　全額返済じゃないとダメ？

「ご、ごめん。全額で返すのが筋だよね？　でも、金額が大きくて一括返済は無理なの。だから、分割にならないかな？」

杉本君に向かって手を合わせ、必死にお願いするが、なぜか彼は肩を震わせてクックと笑った。

「何がおかしいの？」

わけがわからず杉本君に尋ねると、彼は目を細めて私に謝る。

「ごめん。梨花が可愛くて、つい。律儀な性格なのはわかるけど、そもそも俺が弁償した物のお金を、どうして梨花が出そうとするの？　払わなくていいよ。この話はもうおしまい」

杉本君の瞳は優しく微笑んでいる。いつもみんなに見せているような、うわべだけの笑顔じゃない。

だから、今の彼の言葉には裏がないような気がした。

彼は私の手をつかんで封筒を握らせると、話題を変える。

「それにしても、そのおにぎり美味しそうだね。漬け物も」

杉本君がうらやましそうにタッパーに目をやった。

……似た者親子だ。

「よかったら食べます？」

成り行き上、杉本君にも渋々だが勧める。

「いいの？　梨花を探してて、まだお昼を食べてなくてね」

杉本君の目が嬉しそうに輝いた。

「梨花が全部作ったの？」

「おにぎり握って、唐揚げ作って、漬け物切ってきただけですけど……」

凝《こ》った物は何もない。

「お、この漬け物も美味しい。これはどこの店の物なの？」

親子して同じ質問ですね。

思わずクスッと笑ってしまった。

「うちで作ったの。ぬか床があって」

杉本君にも、社長と似たような説明をする。

「ぬか床かあ。うちのお袋は、そういうのやらないから憧れるな」

彼のお母さんなら、ビーフストロガノフとかアクアパッツァとかオシャレな料理を作りそう。

「おばあちゃんみたいでしょ。でもね。ぬかの匂いとか嗅《か》ぐと落ち着くの」

それに、発酵食品を食べるとお腹の調子もいいし、肌もブツブツができない。

「いいね、そういうの。おにぎりも美味しいし、また食べたいなあ」

杉本君が私の目を見てニヤリ。

それは、作ってこいって催促ですか？　断ったらどうなるのだろう？　もっと絡まれるかな？

私が返答に困っていると、彼はOKしやすいように条件を出してきた。

「支払いなんて考えなくていいから、その代わりにおにぎり作ってきてくれない？」

私の目を見て、甘い声でお願いする彼。

その顔や声にときめいて……というよりは、『支払いなんて考えなくていい』という彼の言葉につられ、思わず返事をしてしまった。

「じゃあ、杉本君の都合に合わせて作るね」

私の答えに、彼は満足げに微笑む。

その顔を見てまんまと乗せられたと思ったけれど、彼が美味しそうにおにぎりを食べるから、まあいいかと思えてしまった。

「それはありがたいな。ひとり暮らししてると、和食はあまり食べないし、こういうのってホッとするんだ」

杉本君は、おにぎりを食べてかなりご機嫌。今日みたいにお金を渡しても、彼はきっと受け取らないだろう。

彼の要望に応えれば、私の胸のつかえも取れるし、こんなに喜んで食べてくれるなら作りがいもある。

「ところで、さっき古だぬきとすれ違ったんだけど、梨花は会わなかった？」

「古だぬき？」

小首を傾げて聞き返せば、彼は真っ黒な笑顔を見せた。

「うちの社長だよ」

父親を『古だぬき』って……そんなこと言っていいの？

「実は、社長もおにぎりを召し上がったんだよ」

私はさっき社長といたことを、杉本君に正直に伝えた。

「へえ、それはまた余計な真似を。あのエセ紳士め」

杉本君がダークな目で悪態をつく。

こわっ‼

その顔を見て、ブルッと身体が震えた。

社長に対して何を怒っているのだろう。綺麗な人が怒ると凄《すご》みが増す。

杉本君、お願いです。私のいないところで怒ってください。

梨花の家族［学ＳＩＤＥ］

「ギャラクシー石油との商談、すぐにまとまりそうだな」

社用車の中で、運転席の後ろに座っている親父が満足げに頬を緩める。

「おかげさまで」

そんな親父の目を見て、横に座っている俺も笑顔で返した。

「学さんなら、いつ経営陣に加わっても大丈夫ですね」

助手席にいる社長秘書の桜井さんが、ルームミラー越しに俺を見て穏やかに微笑む。

「いいえ。まだまだ経験を積まないと、桜井さんに笑われてしまいますよ」

俺は、小さく首を横に振って謙遜してみせる。

屋上で梨花のおにぎりを食べた今日は、先ほどまで取引先を接待していた。

社長である親父にも同席してもらい、今はその帰り。商談は俺が進めていたものだし、決裂はあり得ない。

そう、仕事は何も問題ない。問題なのは親父の行動だ。

どうして昼間、梨花に接触したのか？　偶然とは思えない。この詮索好きな古だぬきめ。

「社長って、仕事は結構暇なんですか？」

俺はニコニコしながら、皮肉を言う。

「ん？　なぜそんなことを聞く？」

なんのことだと言わんばかりに、親父はわざとらしく首を傾げた。

「今日のお昼休みに、屋上に行かれたそうじゃないですか」

どうせ秘書の桜井さんに無理を言って、梨花に会う時間を作ってもらったのだろう。

「ずっとビルの中にいるのは窮屈でな。たまにはいいだろう？　社長だって気分転換は必要だ」

足を組み直すと、親父は何食わぬ顔でそう言い訳する。

「気分転換に、五十嵐梨花に接触したと？」

俺は冷ややかな目で、親父にツッコんだ。

「なんのことかな？」

親父は、ニコリとしながらとぼけた。この笑顔が胡散《うさん》臭い。

「彼女が作ったおにぎりを食べましたよね？」

俺はじっとりとした目で、親父を見据えた。

「ああ、思い出した。あれは美味かった。ナスの漬け物も絶品でな」

この古だぬき、話をすり替えようとしてるだろ？

「食べ物の感想を聞いてるんじゃないです。人のものにちょっかいを出すなって言ってるんですよ」

人を尾行までしておいて、何を考えてるんだ、この人は？

「まだお前のものじゃないだろうに」

親父が俺を見て、フフンと鼻で笑う。

「それは、時間の問題ですよ」

内心、親父のその態度にイラッとしたが、俺は余裕の笑みを浮かべてみせる。

だが、親父はそんな俺をバカにするように口角を上げた。

「あの子は手強いぞ。欲のない子でな。お前の武器は通用しないだろう」

親父のセリフに、俺は片眉を上げた。

俺の行動を見透かしたようなその言動。ムッとせずにはいられない。

「個人的に梨花のことを知っているんですか？」

親父の言っていることは当たっている。

俺が優しく口説いても、梨花は逆に警戒心を抱いて俺から離れようとする。洋服を買っても喜ばないし、付き合うどころか、彼女を笑顔にすることもできない。

「直接話をしたのは、採用試験の面接の時と今日のお昼の二回だけだが、お前よりはよく知ってるかもしれんな」

思わせぶりな発言をすると、親父はフッと口の端を上げた。

こめかみがピクピクするのを感じながら、大げさに驚いてみせる。

「へえ、面接した社員ひとりひとりを覚えているなんて、すごいですね」

そうは言ったが、内心親父でもそれはさすがに無理だと思った。しかも、梨花が面接を受けたのは四年も前だ。

パッと見た感じでは地味な印象の彼女を、親父がずっと覚えているとは考えにくい。

「あの子は面接に遅刻してきたから、よく覚えているだけだ」

梨花との面接のことを思い浮かべているのか、親父は微かに頬を緩めた。

「江口課長が遅れてきた彼女を連れてきて、面接をしてくれるように社長に頭を下げたんですよ」

助手席に座っていた社長秘書の桜井さんが、俺のほうを振り向いて補足説明する。

「江口さんが？」

俺は思わず、桜井さんの説明に驚きの声をあげた。

採用試験の頃から、江口さんは梨花のことを知っていたのだろうか？

だが、梨花が彼と親しげに話しているところは見たことがない。彼女はあくまでも部下として、江口さんと接している。

「知らないおばあさんの道案内をしたら、面接時間に間に合わなくなったらしい。とても心優しい子だ。お前にしては趣味がいい」

親父は穏やかな目をして、梨花のことを褒《ほ》める。

それが、俺には気に食わない。

「それで、どうして俺よりも梨花のことを知っていると？」

俺は、刺々《とげとげ》しい口調で親父に尋ねた。

「あの子の家族について、お前はどれだけ知っている？」

梨花の家族？

親父から視線を逸らして考える。

梨花は高校の同級生だが、正直、彼女の家族については何も知らない。だが、やることはキチンとしているし、いい家庭で育ったんだと思う。

「その顔だと知らないんだな」

親父は、うっすらと笑みを浮かべた。その顔がまた憎らしい。

「もったいぶってないで、教えてくれませんか？」

俺がイラ立たしげに急かすと、親父は静かな声で梨花の家族のことを口にする。

「あの子の身内は祖母だけで、今、老人ホームにいるそうだ」

「両親は？」

当然浮かぶその疑問。何か複雑な事情があるのだろうか？

「さあてな。あの子から両親の話は出なかったな。だが、桜井君、君なら何か知っているんじゃないかね？」

親父は突然、桜井さんに話を振る。

「はい。余計なこととは思いましたが、学さんが梨花さんにご執心《しゅうしん》なので調べさせてもらいました」

「で、何がわかったんですか？」

俺は急かすように桜井さんに先を促す。彼を咎《とが》めるよりも、梨花のことを知りたい気持ちのほうが遥かに勝っていた。

「五十嵐 梨花さんの母親は彼女が小学生の時に亡くなり、うちに入社するまで母方の祖母の家で暮らしていたそうですよ」

桜井さんの言葉を聞いて、あれっ？と思った。

「父親は？」

疑問に思ったことを、そのまま桜井さんに問う。

「私が調べたところでは、父親はいません。いえ……わからないと言ったほうがいいでしょうか」

桜井さんの返答の歯切れが悪い。いや、言葉を選んでいるのか。

「……五十嵐梨花は、非嫡出子《ひちゃくしゅつし》ということですね？」

「はい」

俺の質問に、桜井さんは静かに頷いた。

梨花の家庭は、結構複雑なんだな。彼女は、自分の父親のことを知っているのだろうか？

ふとそんなことを考えたら、親父が意外な言葉を投げた。

「お前がいいならかまわないが、あの子の出生を知っても興味を失わずにいられるのか？」

親父の質問に、思わずクスッと笑みがこぼれた。

「何がおかしいんだ？」

眉をひそめる親父に、俺は訂正する。

「おかしいんじゃなくて、嬉しいんですよ」

俺の返答に、親父はじっと俺を見据えた。

「わけがわからない」

「自分の親がまともだったことに、安堵《あんど》してるんです。バカな親なら世間体を気にして、『そんな娘はやめておけ』って言いますからね」

「私はそんな狭量な親じゃないぞ」

親父は面白そうに笑う。

「そのようですね。安心してください。息子の俺も、心の狭い人間ではありませんよ。出生なんてどうでもいい。大事なのは本人ですから」

「それを聞いて私も安心した。お前がもしバカ息子だったら、アフリカの僻地《へきち》にでも飛ばしてやろうかと思っていたよ」

親父がニヤリとしながら、やり返す。

「それは怖いですね。僻地に飛ばされないように気をつけますよ。社長も、今後は余計な真似はしないでください」

いらぬ茶々を入れそうな親父に、すかさず釘を刺す。

「あの子に関わるなと？　だが、彼女の漬け物はまた食べたいなあ。屋上庭園にテーブルを置くといいかもしれん。桜井君、テーブルセットを至急頼むよ」

親父は、しれっと桜井さんに指示を出す。

おいおい、公私混同してるだろ。

俺は、親父の言葉に呆れた。

「どんだけ食い意地が張ってるんですか？　桜井さん、こういうのは適当に聞き流していいですから」

俺が桜井さんに目を向けると、彼は柔らかく微笑んだ。

「はい。承知しています」

だが、親父は引かず、自分の個人的な要望を有能な秘書に伝える。

「毎日のように会食していると、ああいう素朴な味が恋しくなるんだ。仕事もやる気になるしなあ。桜井君、そこも含めて善処頼むよ。私の経営手腕は、君の腕にかかっている」

おい、変な圧力を桜井さんにかけるな。恥ずかしい。

桜井さんが何か言う前に、俺は冷ややかな声で親父を注意した。

「何、バカなことを言ってるんですか？　それは、あなたの最愛の妻に頼んで作ってもらえばいいでしょう？」

ハーッとため息交じりの声で言いながら、額に手を当てる。まともに相手をするのも疲れる。

「お前、ケチだな。彼女の料理、独り占めするつもりだろう？」

親父が目を細め、年甲斐《としがい》もなく拗ねたフリをする。

「五十八のおじさんが拗ねても、可愛くないんでやめてください」

冷たい眼差しでそう返すと、桜井さんはクククッと笑った。

「同感です」

「ふん、お前なんか、梨花ちゃんにこっぴどくフラれてしまえ」

悔し紛れに、親父がそんな子供みたいなセリフを吐く。

『梨花ちゃん』？

その親しげな呼び方が気になった。

「何、勝手に〝ちゃん〟付けで呼んでるんですか？」

ギロッと親父を睨めば、彼は恥ずかしげもなく言い放った。

「これは、社長の特権だ」

「社長にそんな特権、ありませんよ」

桜井さんが、真顔で間髪《かんはつ》をいれずにツッコむ。

彼は四六時中、親父と一緒にいるのだから、さぞかし疲れるだろうな。俺が上司なら、桜井さんに特別手当を出してやりたい。

俺と桜井さんにやり込められて、親父はわざとらしく思い出したように、江口課長の父親の話を口にした。

「そうだ。さっき江口課長の名前が出たから、ついでに言っておく。彼の父親の江口章一《しょういち》氏にうちのコンサルティングをお願いしようと、今口説いているところだ」

「まあ敏腕弁護士だし、いいんじゃありませんか？　ただ、あちらもお忙しいでしょうし、すぐに引き受けてくれるかどうかはわかりませんが」

今の顧問弁護士も悪くはないと思うが、親父には何か考えがあるのかもしれない。海外での巨大プロジェクトも増えているし、盤石の体制を築いておきたいのだろう。

親父は一見ひょうひょうとして見えるが、隙がなくて結構したたかなのだ。

「引き受けるさ。私がお願いするんだからな」

ニヤリと不敵な笑みを浮かべる親父。

この余裕顔。

「たいした自信ですね。そんな軽口を叩けるのも、理性的な桜井さんがいるからですよ。大体社長は、勝手な行動が多す――」

親父を説教してやろうと思ったのだが、話を遮《さえぎ》られた。

「ところで、詩織がうちで働きたいと言ってきたのだが、お前が何か言ったのか？」

形勢が悪いと思ったのか、親父はまた話題を変え、この場の雰囲気を勝手に変えようとする。

「フラフラするのも飽きたみたいですよ。いい傾向じゃありませんか」

他人事のように言うと、親父が黒い笑みを浮かべた。

「そう思うなら、お前が詩織の面倒を見るんだな」

親父は、妹に結構手を焼いている。女の子には本気で怒れないのだ。

「厄介事を俺に押しつけるとは、ほんといい性格してますね」

この性悪親父！

俺はニコッと笑いながらも、心の中で毒づいた。

代われるものなら代わりたい

「梨花さん、この白菜のお漬け物、とっても美味しいですわ」

杉本君の妹の詩織ちゃんが、フフッと笑う。

彼女は雪のように肌が白くて、髪も色素が薄いのか綺麗なダークブラウンのストレート。顔は目がくっきり二重で、鼻筋がスーッと通っていて杉本君同様、美形だ。

なぜ私は、彼女と屋上でお昼を食べているのだろう。

屋上で社長や杉本君とおにぎりを食べた翌日から、私の周りではいくつか変化があった。屋上庭園に白いテーブルと椅子が置かれ、テーブルでお昼を食べるようになったのだ。

とても便利になったけど、社長が配慮してくれたのかな？　偶然とは考えられないんだよね。

それと、今週から杉本君の妹の詩織ちゃんがうちの課に入ってきて、私が彼女の指導係になった。

最初はお嬢様育ちの彼女をどう扱っていいのかわからなかったけど、私によく懐いてくれて、言うことも素直に聞いてくれる。

彼女がいるせいか、杉本君のファンの女の子に絡まれることもなくなった。

彼は近くにいると相変わらず私に絡んできて、今週は屋上で三日も一緒にランチを食べているのだ。そこへ詩織ちゃんが便乗している状態。

『打ち合わせが終わったら、屋上に行くから』

うちの課のみんなの前で、とろけるような笑顔を向ける杉本君。

周囲の視線にこらえ切れず、心の中でそっと『来なくていいよ』と返した。

杉本君はお金持ちだし、美味しいランチなんてどこででも食べられるのに、何を好き好んで私の作ったお弁当を食べるのだろう。

そりゃあね、おにぎりを作るとは言ったけど、多くても週一くらいで考えてたし、デスクの上にお弁当箱をポンと置いておけば終わりって思ってた。

一緒に食べるなんて想定外だったよ～。杉本君、毎日ランチミーティングやってればいいのになあ。ほかの社員にも、私と杉本君がお昼を一緒に食べていることはバレてるし、私は彼のファンにかなり恨まれてるんだよね。

更衣室のロッカーを壊されたり、必要な書類が届かなかったり、陰口を叩かれたり……いろいろな嫌がらせを受けた。

でもさ、なんでみんな気づかないのだろう？　杉本君が、私を本気で相手にするわけないのに。

冷静な頭で考えればわかりそうなのに、人を好きになると何も見えなくなるんだろうな。私の昔の親友みたいに……。

やだな。過去のことを考えるのはやめよう。昔のことだし、目の前の問題に対処しなくちゃ。

詩織ちゃんがいると、私の身の安全はある程度保証される。だって、杉本君の妹にはさすがにみんな、危害を加えられないしね。

「今日はお兄様遅いですわね」

詩織ちゃんは、腕時計にチラリと目を向けた。

「私は別に詩織ちゃんのお兄さん抜きでも、全然いいんだけどね」

苦笑いしながら、水筒のお茶をゴクッと飲む。

きっと打ち合わせが延びているのだろう。ずっと終わらなきゃいいのに……。

「梨花さんは、お兄様のことが嫌いなんですの？」

私の言葉に、詩織ちゃんは首を傾げて意外そうな顔をした。

嫌いではない。でも……苦手だ。

杉本君は御曹司で、庶民の私からすれば雲の上の人というのもあるけど、彼の性格は裏表がありそうで、何を考えているのかわからない。穏やかな笑みを浮かべていても、何か企んでいるんじゃないかと疑ってしまう。

最近は、杉本君が心から笑っていると思えることもある。でも、それで彼の印象が変わったわけではない。

「嫌いっていうんじゃなくて、ええと……恐れ多いって感じかな。私は一社員だけど、お兄さんは将来、うちの会社の社長になる人でしょう?」

詩織ちゃんにはっきり苦手とは言えず、咄嗟に取り繕う。

「では、もし梨花さんがどこか有名企業の社長令嬢だとしたら、対等ではありませんん? でも、身分違いの恋っていうのも燃えますわね」

詩織ちゃんが嬉々とした顔になる。

その妄想、私以上に厄介ではないか。杉本君と恋愛? ない、ない。絶対にあり得ない。

「う~ん、どっちもないかなあ。杉本君が物語の主役だとしたら、私は脇役って感じだし、人間としてのオーラが違うよ」

「謙虚ですのね。だからお兄様は、梨花さんが欲しいんですわ。お兄様があんなに優しく接しているのに、梨花さんは隙あらば逃げようとなさるんですもの。男の狩猟本能を刺激するんでしょうねえ」

そんなつもりはない。杉本君がおっかないから、逃げているだけ。

「だってお兄さん、怖いんだよ。笑ってても、何か企んでるみたいで」

「ふふ。それは私にも理解できますわ。お兄様は容赦ないところがありますから。でも、お兄様がこんなにひとりの女性に執着するのは初めてなんですのよ」

まさか！　女にモテモテの杉本君が、地味な私にご執心なんてあり得ない～！　私をおもちゃと思って、からかって遊んでいるだけだよ。

「それ聞いても全然嬉しくないんだけど。お兄さん、いつになったらこのゲームに飽きると思う？」

妹の詩織ちゃんなら、杉本君を知り尽くしている。

だから、聞いてみたのだが、返ってきた答えは気が重くなるものだった。

「お兄様は中途半端なことは嫌いなんですの。それに、終わりはないかもしれませんわね。お兄様、本気ですわよ」

詩織ちゃんは、私の目を見て楽しげに微笑む。

本気で遊んでるってこと？　ますます厄介じゃない！　そんなの嫌だ。誰かほかの人にターゲットを変えてくれないだろうか？　それか、私がもっとつまらない人間だってアピールすればいい？

私は「う〜ん」と唸《うな》った。

「その反応。お兄様には新鮮なんですわ、きっと。お兄様の周りにいた女性ってクズばっかりでしたもの」

綺麗な笑顔で毒を吐く彼女に、思わず苦笑してしまう。

『クズ』って、詩織ちゃんも容赦ないな。詩織ちゃん、目がお兄さんにそっくりだよ。毒舌は血筋なのだろうか？　彼女を怒らせないように気をつけよう。

「ねえ、お兄さんには婚約者とかいないの？」

微かな望みを抱いて詩織ちゃんに聞くが、彼女は首を横に振った。

「いませんわ。うちは両親が大恋愛の末に結婚したので、恋愛は自由なんですの」

彼女は晴れやかな顔で言う。

「……そうなんだ」

……がっかりだ。

落胆して肩を落とす。

婚約者がいて早く結婚してくれれば、私にかまうこともなくなるだろうって思ったのにな。普通、御曹司にはいるじゃない、婚約者。漫画にだって当たり前のように出てくるのに。

社長、杉本君にいい縁談勧めてくださいね。見ものですわ」

「これからもその調子で、お兄様を困らせてくださいね。見ものですわ」

杉本君と仲がいいのか、悪いのか、詩織ちゃんはどこか意地悪な笑みを浮かべた。

「見ものって……。私は見世物ですか。面白がらないで助けてよ」

詩織ちゃんのセリフに苦笑しながら、小声でぼやく。

「あっ！」

何か思い出したのか、詩織ちゃんの表情が急に固まった。

「どうしたの、詩織ちゃん？」

少し心配になって、彼女の顔を覗き込む。

「そういえば、私、お父様に呼ばれていたのをすっかり忘れていました」

詩織ちゃんは両手を口に当て、おろおろする。

彼女は顔が美人さんだから冷たく見えるけど、こういう可愛いところがある。

「それは大変。社長が待ってるんじゃない？　お兄さんはいつ来るかわからないし、片づけはいいから行ってきなよ」

詩織ちゃんを安心させるように、ニコッと微笑んだ。

「ごめんなさい」

詩織ちゃんはペコッと軽く頭を下げて謝り、小走りでこの場を去った。

彼女の姿が見えなくなると、ホーッとひと息つく。

何げなく空を見上げれば、どんよりした灰色の雲が目の前に広がっていた。

雲行きが怪しい。雨が降りそう。杉本君は来ないかもしれないし、もう戻ろうかな。

今何時だろう?

腕時計に目をやれば、時計の針は十二時四十五分を回っていた。

「これは撤退だね」

杉本君の分を小さなタッパーにまとめて、テーブルの上を素早く片づける。ウッドデッキの階段を下りて出入口のドアに向かおうとすると、思わぬ人物と出くわした。

げっ! 専務秘書の佐藤さん!

なんか私のことすごく睨んでるし、ただならぬ雰囲気。

階段の途中で彼女とすれ違い、なるべく関わらないように、軽く会釈《えしゃく》をする。

「……お疲れ様です」

小声で言ってそのまま階段を下りようとしたら、佐藤さんの悪意に満ちた罵声《ばせい》が耳に届いた。

「あんたみたいなブスが、杉本君の恋人になんてなれるわけないでしょう！」

その声にビクッとして思わず振り返ると、佐藤さんに思い切り肩を押され、バランスを崩した私はフワッと宙に浮いた。

「わあっ！」

強張る身体。

それはほんの一瞬の出来事なのに、それからはスローモーションでゆっくり時が流れて見えた。

佐藤さんは私の恐怖に震える顔を見てニヤリと口角を上げ、悪魔のような笑みを浮かべる。

わざと突き落とされた？

そう思うとショックのあまり、私は何もできなかった。

ひょっとしたら私……死ぬかもしれない。

そんな考えが頭をよぎる。

でも、おばあちゃんを残してなんか死ねない。私が死んだら、おばあちゃんが悲しむ。まだ死ねないよ～！

床に落ちた時の衝撃に備えて、ギュッと目を閉じる。

「梨花！」

慌てたような杉本君の声が聞こえたけど、きっと気のせいだ。

そんなことを思った次の瞬間には、ガシャンッと何かが壊れる音がして、誰かにガシッと抱き止められてそのまま床に転がった。

多少の痛みは感じたものの、死んではいない。

ん？　あれっ？

不思議に思って、ハッと目を開けると……。

「……杉本君？」

私は、彼の腕の中にいた。

「うっ‼」

杉本君が、目を閉じたまま顔をしかめる。

ええ～‼　私……あろうことか杉本君を下敷きにしてるよ！　彼に助けられた？

階段から落ちた衝撃でズレたメガネを慌ててもとに戻し、状況を確認する。

私たちの周囲には、杉本君のノートパソコンや書類、バッグやお弁当箱が散乱していた。

「り……梨花、大丈夫?」

杉本君が心配そうな顔で声をかけ、私を抱いたままゆっくりと起き上がる。

「うっ。……いてっ」

どこか怪《け》我《が》をしたのか、彼は顔をしかめた。

私は落ちた衝撃を感じた程度。痛みよりはショックのほうが大きい。心臓が、バクバクいっている。

「私は大丈夫だけど……杉本君は大丈夫?」

激しく動揺しながらも、彼に声をかけた。

「よかった。梨花が階段から落ちてきたから、ビックリしたよ」

彼は安心したのか、ハーッと大きく息を吐く。

「杉本君のほうが、怪我してるんじゃない?」

さっき顔をしかめたのが気になる。

杉本君は異変を感じたのか、自分の右手をじっと見た。

私もつられて目を向ける。

すると彼の右手の人差し指と中指が青紫色に変色していて、顔から血の気が引いた。

「杉本君、怪我してるじゃない! 右手、グーパーできる?」

私の心配している場合じゃないよ。

杉本君の抱擁《ほうよう》を慌てて解いて、私にしては素早く彼の隣に移動した。彼が庇《かば》ってくれたおかげで、私は多少のすり傷はあるが怪我らしい怪我はない。

「う〜ん、ちょっと難しいかな」

杉本君が自分の右手を見つめてゆっくり動かそうとするが、痛みがひどいのか、その顔はかなり歪《ゆが》む。

私の頭を庇った時に、地面に手を打ちつけたんじゃないだろうか？

彼が負傷したのは私のせい。そう考えると、胸がとても痛んだ。

「杉本君、医務室に行こう。立てる？」

彼に手を差し出す。

「それはできそうだな」

杉本君は私の手を左手でつかんで、ゆっくりと立ち上がった。とりあえず、足はなんともないようだ。

そんな私たちのやり取りをずっと見ていた佐藤さんが、青ざめた顔で声を震わせながら弁解する。

「わ、私じゃないわ。彼女が勝手に落ちたのよ」

杉本君を巻き込んでしまって、さすがにマズいと思ったのだろう。彼女の身体もブルブルと震えていた。

「屋上にも防犯カメラがついているし、俺も君が梨花を押して階段から突き落としたのを見てる。言い逃れはできない」

杉本君は絶対零度の鋭い眼差しを、佐藤さんに向ける。

すると、彼女は床にへたり込んで「ううっ」と泣き崩れた。

だが、杉本君は佐藤さんに容赦なく、冷たい声で言い放つ。

「見苦しい。泣いても許さないよ。責任は取ってもらう。覚悟しておくんだね」

こんな風に、本気で怒りを露《あら》わにする杉本君を初めて見た。彼はいつだって余裕顔で、感情をあまり表に出さない。

この場に流れる、なんとも嫌な空気。

佐藤さんの顔を見るのが苦痛なのもあったけど、杉本君の怪我が心配で彼を急かす。

「杉本君、早く行こう」

それから、彼を医務室に連れていったけど、右手の指の状態が思った以上に悪かったらしく、病院で診《み》てもらうよう産業医の先生に言われた。

とりあえずテーピングをしてもらい、痛み止めをもらって、午後はそのまま仕事をした杉本君。私はすぐに病院に行くよう勧めたんだけど、彼は「今日は企画会議もあるし、クライアントとの打ち合わせもあって俺が抜けるとマズいから」と言って、譲《ゆず》らなかったのだ。

パソコンは代わりの物をすぐに準備できるけど、杉本君の代わりはいない。

タイミングの悪いことに、江口課長も今日は別のクライアントとの打ち合わせが入っていて、彼のフォローに入れない状況。

だから微力ではあるけど、江口課長の了解を取り、杉本君について彼のサポートをすることにした。

まずは杉本君と一緒に会議に出て、彼の代わりにプレゼンの準備をし、ノートパソコンでメモを取る。

だが、この場の重苦しい雰囲気に馴染めず、逃げ出したくなった。

出席者は部・課長クラスがほとんど。杉本君は社長のご子息ということで一目置かれていて、この場にいても違和感がない。

だが、私は違う。ただの平社員だし、みんな『場違いな者がいる』という目で私を見ている気がしてならない。

緊張でガチガチになっている私の手の甲を、横にいる杉本君がペンでつつく。

ん？　何？

彼に目を向ければ、左手で書いたらしき、少し字が乱れたメモを私に見せた。

【大丈夫？】

助けるつもりが、逆に心配かけちゃってるよ。しっかりしなきゃ！

自分に活を入れ、彼に『大丈夫』と返事をする代わりにコクリと頷いた。

少しでも杉本君の役に立つんだ。

彼の補佐に集中し、無事に会議を終えてオフィスに戻ると、すぐに議事録作成に取りかかった。

だが、会議の緊張から解放されたせいか、議事録を作っていても、不意に佐藤さんの顔が頭に浮かぶ。階段での出来事が忘れられない。いまだにショックだ。

「梨花、悪いけど、さっきの会議の議事録、今日中に参加メンバーにメールで送っておいてくれる？　あと、十分後にタクシー一台、手配を頼むよ」

「……あっ、うん」

急に声をかけられて、気のない返事をする私。

「ボーッとしてたけど、体調でも悪い？」

杉本君が、気遣わしげに私を見る。

「ごめんね。ちょっと考え事してて。すぐにやるから」

タクシーの手配を済ませ、大急ぎで議事録に漏れがないかチェックして江口課長のオーケーをもらうと、参加メンバーにメールで送信。

「これで、よし」

電源を落としたノートパソコンをバッグに入れ、杉本君に目を向ければ、客先に持っていく資料をバッグに入れようとしていた。

「杉本君、待って！　私も行くから」

バッグを持って杉本君のもとに駆け寄り、資料を彼のバッグに入れる。

「梨花が客先までついてきてくれるなんて驚きだな。たまには怪我してみるもんだね」

私の顔をまじまじと見て、いたずらっぽく笑う杉本君を注意する。

「面白がらないでください！」

私をからかうために、怪我をされたのではたまらない。

ふたりで並んで歩きながら、エレベーターに乗って正面玄関に向かう。

一階に下りて受付を通り過ぎた時、受付の女の子がこちらをジロジロと見てきた。

私の背中に突き刺さる、その嫌な視線。

気にするな。イケメンの杉本君を見てるだけ。私を見ているわけじゃない。

顔を強張らせながら歩く私に、横にいた彼が声をかける。

「客先に行くのは初めてだっけ？　そんなに緊張しなくても大丈夫だよ」

多分、杉本君もその視線に気づいていたのだろう。

別の話題を持ち出してはきたけど、私に微笑みながら『気にするな』って目で伝えてくる。

杉本君の目を見て小さく頷くと、彼とともに正面玄関前に停車しているタクシーに乗り込み、客先に向かった。


客先ではイギリス人のクライアント相手に、杉本君が流暢《りゅうちょう》な英語で商談を進める。

私がしたことといえば、営業スマイルを浮かべ、パソコンの操作をしたくらい。

年齢的には倍近くある相手に、堂々とプレゼンする杉本君。会社にいる彼は見慣れていたけど、客先にいる彼は一段と輝いて見えた。オーラがやっぱり一般人とは違う。

杉本君はニコニコしてはいるが、決して安売りはしない。クライアントからライバル社の名前が出てくれば、自社の利点をアピールする。

「天然ガスプラント建設事業において、弊社は実績もありますし、そのノウハウは世界一であると自負しております」

そして、最後に「決めるのは御社ですよ」と相手を突き放すようにして、判断を委《ゆだ》ねるのだ。

横で聞いている私も、相手の立場で『ここと契約しないとあとで後悔する』と思わ
されてしまう。改めて、彼のことをすごいと思った。

打ち合わせが終わると、杉本君が心配で自分から声をかけた。

「これから病院に行くんでしょう？　私も一緒に行くよ」

「別にこんなの気にしなくていいのに」

杉本君はテーピングした右手を、軽く振ってみせる。

彼は平気そうにしているけど、責任を感じずにはいられなかった。

午後六時過ぎ、タクシーを呼んで杉本君と一緒に病院に行く。

お医者さんは彼の知り合いらしくて、受付をしてすぐに診てくれた。

レントゲンとCTを撮った結果、右手の人差し指と中指を骨折していて、全治一ヶ
月とのこと。

「骨折かあ。打撲かと思っていたけど、予想よりひどかったな。骨折って、初めてな
んだよね」

当の本人は怪我した手を珍しそうに眺め、呑気《のんき》なセリフを言っているが、私は動揺せずにはいられなかった。

これは遠回しに責められているのだろうか？　ごめんなさい。私のせいで杉本君の大事な右手を骨折させて。ああ～、どうしよう。代われるものなら代わりたい。彼は右利きだから、仕事どころか、日常生活にまで支障が出るよ。

「梨花に怪我がなくて、本当によかったよ」

はい、そうです。杉本君のおかげで、私は無事でした。

「ごめんね、ごめんね。資料作成とかの雑用は、私が全部するから。奴隷《どれい》のようにこき使ってください」

杉本君に向かって手を合わせてただただ謝ると、彼はそんな私に呆気に取られたようだった。

「『奴隷』って……。まあ、それは課のみんなで分担するからいいとして、右手がこれだと日常生活が不便でね。ネクタイを締めるのも大変かなあ」

固定器具をつけてテーピングした手を私に見せながら、杉本君がニヤリ。

ん？　この空気、なんかとてつもなく嫌な予感がする。

「前に梨花、言ったよね？　なんでもするって」

げげ！　確かに言いました。クビになりたくなかったから。でも、ここでそのカードを使うの⁉

「怪我が治るまでの間、うちに住み込みでお世話してくれない？」

杉本君の言葉に、私の顔から血の気がサーッと引いていく。

「す、住み込み～⁉」

うろたえた私は、素っ頓狂《とんきょう》な声をあげた。杉本君と同居するくらいなら、自分が怪我したほうがまだよかったかもしれない。

彼は期待の眼差しで、私の答えを待つ。

うっ、ズルいよ、杉本君。断れないのわかってて言ってるよね？　怪我をさせて申し訳ない気持ちでいっぱいなんだもん。『はい』と言うしかない。

「……やらせていただきます」

顔を引きつらせながら、杉本君の目から視線を逸らして返事をした。

私……無事でいられるのだろうか？　こんなんで、どうやって杉本君のおもちゃ生活から脱却するの～⁉

杉本君のお世話

「へえ、うちの女子寮って文京区《ぶんきょう》にあったんだ」

杉本君が、私の住んでいる七階建ての鉄筋コンクリートの寮を見上げた。

「うん、そうなの」

私は元気なく言葉を返す。

病院を出ると、私たちはタクシーに乗って寮に向かった。私の着替えを取りに行くためだ。

でも、心の中ではまだ杉本君の家に泊まることに、納得できない自分がいる。

「杉本君……あのね、やっぱり泊まり込みじゃなくて、明日の朝早く行ってお世話をするっていうのじゃダメかな？」

私は杉本君の顔を見上げ、ダメ元で妥協案を提案した。

「ダメだね。夜仕事をすることもあるし、梨花にいてもらわないと困るんだ。右手が使えないと不便でね」

彼は私の目を見ながら、ゆっくりと頭を振る。

その目が笑っているように見えるのは、気のせいでしょうか？　怪我したはずなのに、この状況を楽しんでません？

ますます荷造りするのが嫌になる。

寮のエレベーターに乗り、杉本君と一緒に私の部屋がある五階に上がった。エレベーターを出て右手突き当たりの部屋に向かうと、バッグの中から鍵《かぎ》を取り出す。ドアの前に立つが、鍵を差し込むのをためらった。

杉本君、外で待っててもらえないかな？

彼を部屋に上げることには、すごく抵抗がある。

男の人なんて誰も入れたことがないのに、その最初の人が杉本君なんてなんの罰ゲームだろう。どうしてこんなことになったのかな。今年のおみくじは凶だったし、災難に遭う年なのだろうか？　私……呪われてる？

私がボーッと突っ立っていたら、後ろにいた杉本君に声をかけられた。

「どうしたの？」

「ひょえ〜‼」

突然、彼が私の肩にポンと手を置くので、奇声をあげながら飛び上がってしまった。

いきなり私に触れないでくれますか、杉本君？　ビックリするじゃないの‼

「その反応、霊でも見えた？」

「……そうだね。邪悪なものに取りつかれたのかも」

杉本君という悪魔にね。

「俺がいるから大丈夫だよ。ほら、鍵貸して」

杉本君は私の手から鍵を奪う。

「あっ……」

私が呆気に取られている間に、彼は左手でガチャッと解錠し、私の手に鍵を返した。

「さあ、どうぞ」

杉本君がドアを開け、笑顔で私に中に入るよう促す。

『どうぞ』って……ここ、私の家なんですけど。

「……どうも」

苦笑しながら中に入り、ふたりとも靴を脱いで部屋に上がる。

入ってすぐにキッチンがあって、右手にユニットバス、キッチンの奥に六畳の部屋がある。

若い子のひとり暮らしの部屋なんてこんなもんだけど、杉本君の家は違う。狭くてビックリしているんじゃないだろうか？

キッチンを通って部屋に行くが、どこに彼を座らせていいのか迷ってしまった。

右手にはベッドがあるし、空いたスペースにはアイボリーの小さなテーブルが置いてある。

普段自分が食事をする時は、ターコイズブルーのカーペットの上にそのまま座って食べているのだが、そこに杉本君を座らせるのもなんだか違和感を覚えてしまう。

「ごめんね。うち、ソファがなくって。お茶淹れるから適当に座っててくれるかな？」

「気にしないでいいよ」

杉本君はうちの狭さに驚いた様子は見せず、私のベッドに腰を下ろす。

彼の行動にびっくりした私は、目を丸くした。

ええ〜‼

『適当に座ってて』とは言ったけど、なんでベッドに座るの？

「小物とか可愛いのが置いてあって、女の子の部屋って感じだね」

杉本君はその長い足を組むと、興味深げに私の部屋を眺める。

きゃ〜、そんなにじっくり見ないで〜！

「あ、あのう、できれば目をつぶってもらえるとありがたいのだけど……」

激しくうろたえながら、ベッドに楽しそうに座っている彼にお願いした。

「どうして？」

私のセリフに、杉本君は意外そうな顔をする。

「見られるの恥ずかしい。雑誌に載ってるような素敵な部屋じゃないし。詩織ちゃんの部屋とか、きっとオシャレなんでしょう？」

「あれはオタク部屋だな」

杉本君が口に手を当て、ククッと噴き出す。

「オタク部屋？」

私は意味がわからず、首を傾げた。

「小さい頃からパソコンにハマってて、『秘密基地か』ってツッコみたくなるくらいパソコンが何台もあって……わけのわからない機械がそこら中に置いてあるんだ。女の子の部屋じゃないな、あれは」

杉本君が笑いながら説明する。

……意外だ。詩織ちゃんは見るからにお嬢様って感じだし、彼女の部屋ならフリルだらけで可愛いと思っていたのに。人って見かけによらないな。

「詩織ちゃんって、パソコンが好きなんですね」

「昔は身体が弱かったからずっと家にこもってて、パソコンが友達みたいになっててね」

「ああ……なるほど」

詩織ちゃんって色白だし、日に当たってなさそうだもんね。

「今は身体が丈夫になったからいいんだけど、周りが甘やかしたからただのワガママ姫になっちゃったんだよね」

目を細めながら、杉本君が詩織ちゃんのことを語る。

その顔は優しいお兄さんの顔をしていて、こんな表情もするんだって思った。

「詩織ちゃん、すごくいい子ですよ。でも、杉本君ってやっぱり詩織ちゃんが可愛いんですね。目が優しい」

兄妹《きょうだい》っていいな。そういえば、私も昔、お兄ちゃんが欲しかった。

「そうかな？　普段は『憎らしい妹』って思ってるけど」

杉本君はクスッと笑みをこぼしながら、詩織ちゃんのことを愚痴《ぐち》った。

「笑いながらそう言えるのが、うらやましいな。私はひとりっ子だから」

「俺と結婚すれば、妹もできるよ」

杉本君が怖いことをさらっと言って、悪魔のような笑みを浮かべる。

冗談キツい。なんて返していいかわからなくて、顔がガチガチに固まっちゃったじゃないですか。

「そ、そのジョーク、笑えないから」

あまりに動揺して言葉がつっかえた。

「俺は至極本気だけど」

じっと私を見つめる杉本君。その目はまるで獲物を狙う、肉食動物のように鋭く光っている。

な、なんか、マズいよ。

得体の知れない恐怖を感じて、慌てて目を逸らす。

「ち、ちょっとお茶を淹れるから待ってて」

話がおかしな方向に進んでいくので、彼から逃げるようにキッチンに向かう。ポットに水を入れ、お湯が沸くのを待っている間にハーッとひと息ついた。杉本君がいると、狭い部屋が余計狭く感じる。神経が張りつめて、息苦しい。

私……疲れてるのかな？

午後からずっと一緒だったし、彼の怪我の具合も気になるから、気が休まる時間がない。

それに……佐藤さんの顔がたまに脳裏に浮かんで、階段から落ちた時の恐怖を思い出してしまう。身体の疲れもあるけど、精神的な疲れのほうがひどいかもしれない。

ああ、もう考えるのはよそう。疲れるだけだ。

気を取り直し、冷蔵庫を見て中身を確認する。

「あ‼　ぬか床どうしよう？」

それに、昨日のカレーの残りが結構あまっていて、捨てるのはもったいない。

そうだ。カレーならスプーンで食べられるし、杉本君も食べるのが楽じゃないだろうか？

「杉本君、もしよかったらうちでカレー食べていく？　昨日の残りで、すごく申し訳ないんだけど」

部屋にいる彼に声をかければ、にこやかに返された。

「いいね、嬉しいよ。ありがとう」

カレーの問題は解決した。だけど、まだぬか床問題が残っている。

杉本君の家に置きたい、って言ったら反対されるかな？　あんな高級マンションに住んでいるし、臭《にお》いとかを気にして嫌がられるかも。

「あとね……」

杉本君にお願いしようとするが、断られると思って尻込みしてしまう。

「何？」

穏やかな顔で促されたので、思い切って言ってみた。

「うちのぬか床、杉本君の家に持っていってもいいかな？　容器の蓋を開けた時、ちょっと臭うかもしれないけど」

遠慮がちに、杉本君に許可を求める。

彼のオシャレなマンションに、ぬか床を持ち込むのはなんとなく気が引けたけれど、彼はあっさりオーケーしてくれた。

「かまわないよ。ぬか床って、毎日かき混ぜないといけないんだよね？」

私のお願いに理解を示す杉本君。

「そうなの。おばあちゃんにもらった物だし、ダメにしたくないんだ。ありがとう」

毎日世話が必要という点では、植木に近い。彼が快く承諾してくれてよかった。

そうして一緒にカレーを食べ終えてから、数日分の着替えとぬか床を持って、またタクシーに乗って杉本君の家に向かった。


彼の家に上がらせてもらうのは、これで二回目。

観音開きの広い玄関を上がって、杉本君のあとについて二十メートルくらいありそうな長い廊下を歩くと、リビングに来るまでにドアが五つもあった。

ひとり暮らしなのに、こんなにいっぱい部屋があるんだなあ。５ＬＤＫか６ＬＤＫくらいありそう。

今いるリビングはガラス張りで広さは二十畳ほど。ソファは見たところ外国製だし、テレビも五十インチはありそうだ。暖炉まであって、高級感溢《あふ》れている。まるでショールームの部屋みたい。文字通り、私と杉本君とでは住んでいる世界が違う。

一回目は自分が意識のない時に連れてこられたし、帰る時も彼のキスにかなり動揺していたから家をじっくり見る余裕なんてなかったけど、やっぱりセレブだな。

「梨花、何か飲む？」

「いえ、大丈夫です。お客ではないので、気を遣わないでね」

私は右手を左右に振りながら、丁重に断る。

家政婦と思ってもらったほうが、ビジネスライクでやりやすい。

「杉本君、早速で悪いんだけど、冷蔵庫を使わせてもらっていいかな？」

まず、ぬか床を冷蔵庫に入れておきたい。

「どうぞ。自由に使って」

「ありがとう」

リビングの隣にあるキッチンに向かおうとすると、杉本君に呼び止められた。

「梨花、ごめん、ちょっと待って。キッチンに行く前に、ネクタイを外すのを手伝ってくれる？」

その声で振り返れば、彼はスーツのジャケットを脱いでソファに置いていた。

「あっ、気が利かなくてごめんね」

おっと、ぬか床に気を取られてて、本来の目的を忘れるところだった。

杉本君に近づき、両手を伸ばすが、身長差があってやりにくい。

「ネクタイの結び目が見えないから、杉本君、ちょっと屈んでくれるかな？」

「ああ、ごめん、ごめん」

杉本君が屈むと、すぐ目の前に彼の顔があって驚いた。

わっ‼　ち、近い‼

私と目が合い、彼はフッと微笑する。

それに反応して、カチンと硬直する私の身体。

ああ〜、またあのキスを思い出しちゃった〜‼

心臓の鼓動が速くなる。

今日はいろいろあって忘れていたけど、彼は男性で、しかも部屋にはふたりきり。

ずっと一緒にいたのに、急に意識してしまうと、冷静でいられない。この接近はかなりヤバい。怪我してるんだし、大人しくしていてくれるよね？　でも……なんか危険な感じがする。

警戒レベルＭＡＸ。

私をからかってキスするつもりならもう仕かけてくるはずだけど、杉本君にその様子はない。

固まっている私に、彼がクスリと笑いながら声をかけた。

「梨花、どうしたの？　手が止まってるけど」

「だ、大丈夫だよ。大丈夫」

顔を引きつらせ、杉本君にというよりは自分に言い聞かせる。

落ち着け、私。彼をカッコいいマネキンと思えばいい。それに、たかがネクタイではないか。

ネクタイの結び目をほどこうとするが、彼の顔が至近距離にあって手が震えた。異性に慣れていないせいか、緊張する。それも、こんな美形。パニックにならないほうがおかしい。

本人がやれば数秒で終わる動作を、杉本君に「ほら、ここからほどいて」とアドバイスを受け、あたふたしながら一分近くかけてほどく。

つ〜か〜れ〜た〜。ネクタイほどくのって、こんなに疲れるものなの？

息があがってるし、額からどっと汗が出た。

「杉本君、もたついちゃってごめんね」

不器用だと文句を言われる前に、彼に謝る。怪我人って自分の身体が自由に動かせないから、いろいろとストレスがたまると思うし、お世話係の私がそのストレスになってはいけない。

「本当に、時間かかってごめんなさい」

ペコペコ頭を下げて謝るが、顔を上げた瞬間、杉本君は私の顎をつかんだ。

「なんで謝るの？　慣れてないから当然だよ。逆に慣れた手つきで外されたら、ショックだっただろうね」

杉本君の不穏な声音にビクッとするも、彼の言わんとする意味がわからない。

「え？　どうして？」

キョトンとした顔で杉本君を見つめ返すと、どこか謎めいた微笑を浮かべ、私の髪をさらりと撫でた。

「わからないならいいよ。そのほうが幸せかもね」

杉本君の瞳が闇色に染まる。

うっ、この雰囲気はなんかマズい。

後ずさりしようとしたら、彼はそれを察したのか、悪魔のように笑って言った。

「梨花、シャツのボタンがまだなんだけど」

ええ〜!! シャツのボタンなんて、無理無理。

「そこもですか?」

顔を青くして杉本君に確認する。

「あ〜、人差し指が痛いなあ」

私の顔をチラチラ見ながら、彼がわざとらしく顔をしかめた。

「……やります。やらせていただきます」

ハーッとため息をつきながら、杉本君のシャツに渋々手を伸ばす。

え〜と、ボタンは全部で……一、二、三……げ、七個もあるの〜? これは……かなり難航しそうだよ。

襟元のボタンから外していくが、ボタンが小さくてこれが結構難しかった。しかも、人のボタンを外すのなんて慣れていない。

一個外してホッと息をつき、また次のボタンに取りかかる。

早くやらないと……。杉本君だってずっと屈むのは大変だ。

黙々と四つ目のボタンまで外していったが、彼のシャツがだんだんはだけてきて、肌が見えるとドキッとした。

こないだも見たけど、杉本君は腹筋が割れていて綺麗な身体をしている。目に毒だよ。これは……ネクタイなんかよりかなりヤバい。男の人の服を脱がすなんて……何やってんの私。おばあちゃんに知られたら怒られそう。すごくいけないことをしている気分だ。

カーッと顔の熱が急上昇する。

「梨花、顔赤いけど大丈夫？」

杉本君が私の顔を覗き込む。その目は笑っている。

大丈夫じゃない‼　ここでもうやめた〜い。

「あと三つだよ。梨花、頑張って」

ニコニコ顔で、私にエールを送る彼。

「……杉本君、楽しんでない？」

私が動揺してるの、わかってるでしょう？

「そう見える？　精いっぱい優しく見守ってるんだけど。コーヒーでも飲んで、ひと息つく？」

杉本君の提案に、私は首を横に振った。

「……大丈夫」

杉本君の身体が気になるなら、見なければいい。

ボタンだけ見据えて集中しようとするが、やはり彼の肌に目がいってしまう。

刺激が強すぎ。それとも……私が意識しすぎなんだろうか？　うちに男の人なんていなかったもんね。

なるべく杉本君の肌に触れないようにして、残り三つのボタンを外す。

「終わった！」

たかがボタンを外すだけなのに、ひと仕事終えたみたいに、もうヘトヘト。

「ありがとう。助かったよ」

杉本君はフッと微笑して、私の目の前でシャツを脱ぐ。

「ギャア～！」

私は上半身裸の彼を見て悲鳴をあげると、両手を顔に当てた。

「杉本君、ここで脱がないでよ～」

困惑しながら彼に抗議する。

ほんと、目のやり場に困る。っていっても、指の隙間からしっかり見てるんだけど……。

「これからシャワーを浴びようと思って。梨花、手伝ってくれる？」

杉本君のセリフにギョッとする。シャワーを浴びる彼を想像し、ボッと火がついたように顔が真っ赤になった。

裸なんて絶対ダメ〜！　ギャ〜、無理無理、このセクハラ男‼

「それだけは勘弁して〜」

ちぎれそうなくらい首をブンブン横に振れば、杉本君はハハッと声をあげながらリビングを出ていった。

私……完全におちょくられてる。やっぱり家に帰りたい〜！　杉本君、家に帰っちゃダメ？

面と向かって彼にそうお願いする勇気はなく、ぬか床を冷蔵庫に入れると、消耗し切った私はソファにドサッと腰を下ろした。

この生活……いつまで続くんだろ。

「私の心臓もたないかも」

広いリビングに残された私は、盛大なため息をついた。

梨花と江口さんの関係［学ＳＩＤＥ］

シャワーを浴びてリビングに戻ると、梨花がソファのクッションを抱えながら寝ていた。

そっと手を伸ばして彼女のメガネを外し、ソファ横のテーブルの上にコツンと置く。天使のように可愛い寝顔。

ドライヤーで髪を乾かすのをお願いしようと思っていたのだが、これは自分でやるか。やろうと思えば、自分でやれないことはない。

とりあえず首にかけていたタオルで、頭をガシガシと拭《ふ》く。

ネクタイやシャツのボタンも自分でできたが、あえて梨花に頼んだ。自分に慣れさせるためだ。そうやって一緒にいる時間が増えれば、俺への警戒心もやがてなくなるだろう。

ボタンを外す時の彼女のあの真っ赤な顔。少しは俺を意識したんじゃないだろうか。

シャツのボタンを外すのに、三分はかかっていたな。

あまりに可愛くて、手を出さないでいるのが大変だった。今の段階で何かすれば、彼女はすぐに家に逃げ帰るだろうから。

手を伸ばし、梨花の頭を撫でる。

サラサラな黒髪。まつげも長くて人形みたいだ。俺が触れても起きる様子はない。

「ぐっすり眠ってる」

クスッと笑みをこぼす。

今日は秘書課の佐藤に階段から突き落とされて、かなりショックだったはずだ。ひどく疲れた顔をしている。そのあとも俺の仕事のサポートや病院の付き添いで息つく暇もなかっただろう。おまけに俺の世話。ずっと緊張していたんじゃないだろうか？

「これは、朝まで起きないかもしれないな」

梨花が階段から落ちてくるのを見た時は、かなり焦った。考えるよりも先に身体が動いて、気づけば彼女を抱き止めて床に転がっていた。

俺はともかく、梨花が怪我をしなくて本当によかったと思う。あの場所に俺がいなかったらと思うと、ゾッとする。

十秒でも遅ければ、彼女は階段の角に頭をぶつけて大怪我をしていたかもしれないし、当たりどころによっては死んでいたかもしれない。

そう……運がよかったのだ。

あの佐藤を梨花の近くにいさせるわけにはいかない。また何かを仕かける可能性がある。

だから、すぐに手を打った。


今日、梨花が席を外している間に、社長と総務部長に時間を作ってもらい、社長室で佐藤の件を報告した。

『なるほど。梨花ちゃんに怪我がなかったのはよかった。お前が怪我をしたのは日頃の鍛練が足りなかったからじゃないのか？』

社長である親父が冷ややかな目で俺の手を見て、チクリと嫌味を言う。息子が怪我をしているのに、この冷めた反応。

実の父親に言われると、かなりムカつく。

『すみません。最近、誰かさんのせいで土日も忙しくて、ジムに行けないんですよ』

俺も負けじとやり返す。

今年に入ってから親父の命で、土日はいつも接待ゴルフに付き合わされるようになった。顔を売るのはいいが、じじいどもの相手をするのは疲れる。

だが、この怪我で当分の間は接待から解放されるだろう。箸も使えないし、ゴルフもできない。

『時間は自分で作るものだぞ』

親父が偉そうに言って、フフンと鼻で笑う。

『作っても、横から奪われていくんですよ。まあ俺の話はいいです。秘書課の佐藤さんの話をしましょうか』

俺は、一度脱線した話を本題に戻した。

佐藤の処分については、今日中に決めておいたほうがいい。

『うむ、そうだな。私も桜井君と一緒に防犯カメラの映像を確認したが、お前の証言と一致している。ここには置いておけないな。自主的に退職を促すか？』

昔の俺なら『そうですね』と首を縦に振ったかもしれないが、今回はそうはいかない。クビを切って逆恨みされては、また梨花の身が危ないし、ほかの社員も巻き込まれる可能性がある。

事件を警察に言って表沙汰《ざた》にしたら、状況はさらに悪くなるだろう。

『それは同意しかねますね。佐藤さんをクビにしても、それで問題の解決にはならないでしょう。どこか海外へ飛ばして、しばらく監視してはどうですか？』

適当なポストを与えて海外に飛ばせば、佐藤の体面は保てる。彼女は、強欲でプライドの高い女だ。餌《えさ》を与えればすぐに食いつくだろう。自分の立場を理解していないほど、愚かではないだろうから。

俺も厄介な女に好かれたものだな。

『僕も学さんの意見に賛成です。佐藤さんは自尊心が強いですからね。クビにするのはかえって逆効果だと思いますよ。逆恨みされる危険性があります』

社長の後ろで控えていた桜井さんが、俺の意見を支持する。この中で佐藤を一番知っているのは桜井さんだ。事件の関係者で、他部署の俺が言うよりも説得力がある。

『なるほど』

親父は、桜井さんの言葉に頷く。

『そういえば、彼女から前に海外勤務の希望が出ていましたよ』

総務部長が、ポンと手を叩きながら思い出したように発言した。

『なら、話は早いですね』

俺はニヤリとしながら、親父に目を向ける。

『うむ。早急に手を打とう。田中《たなか》部長、海外赴任の件、お願いしますよ』

親父は顎に手をやりながら、総務部長に指示を出す。

すると、総務部長はコクッと頷いた。

『わかりました。正式な辞令が出るまでは、彼女には自宅待機してもらいましょう』

『ほかの社員には、内密に』

親父にそう言われた総務部長は、社長室をあとにする。

俺も退出しようとしたら、親父に止められた。

『待ちなさい。学、今回の件はお前にも非がある。佐藤さんはお前に気があったらしいな。お前の対応の仕方がマズくて、梨花ちゃんが巻き込まれたんじゃないのか？今後も似たようなことが起こらないとは限らない。自分の行動に気をつけなさい』

親父は俺に鋭い視線を向け、厳しい口調で説教をする。

確かに、親父の言う通りだ。

俺も社内での梨花への嫌がらせを警戒して、妹の詩織を彼女のそばに置いたのだが、今日は詩織がたまたまいない時に隙を突かれた。

今さら梨花に関心のないフリをしても無駄だろうし、それならば四六時中、俺のそばに置いて守るほうが安心だ。

『ええ、肝に銘じますよ』

自嘲ぎみに呟いて、俺も社長室を退出した。

もう絶対に梨花に手出しはさせない。佐藤も許せないが、一番許せないのは読みが甘かった自分だ。

怪我はなかったものの、梨花も相当怖かったのだろう。仕事中、彼女の様子をたまに見ていたが、いつもより元気がなかったし、顔色も悪かった。

だから、ひとりで家に帰らせないほうがいいと思ったんだ。

俺の家に住み込みで世話を強引に頼んだのは、梨花に近づく目的もあったが、一番の理由は心配だったから。

江口さんが住み込みのことを知ったら、また何か言うかもしれないな。

上司である江口さんには俺が怪我をした経緯を説明したが、彼は終始、何か言いたげに渋い顔をしていた。

なぜそんなに梨花のことを気にかけるのか？

彼女の寝顔をじっと眺めながらそんなことを考えていたら、突然ピンポーンとインターフォンが鳴った。

誰だ？

梨花が寝ているので、慌てて声を潜めて応対すると、相手は妹だった。

「お兄様、怪我の具合はいかがですの？」

今、結構遅い時間だと思うが、何しに来たんだ？

顔をしかめながらリビングの壁時計にチラリと目をやると、午後十一時過ぎ。

「こんな夜遅くになんの用だ？」

冷たい言葉を返すが、動じない妹は口元にフッと笑みを浮かべる。

「お母様が、お兄様にこれを持っていくようにって」

カメラ越しに、妹が桃を見せる。

だが、これが目的で来たとは思えない。

「帰れ」

冷ややかに言い放てば、妹は含み笑いをした。

「あら、そんなことを言っていいのかしら？　せっかくお兄様が欲しい情報を持ってきましたのに」

情報？　ああ、ひょっとして……江口さんの？

江口さんの梨花への態度が気になって、前に詩織に彼の身辺を探るようメールで頼んでおいたのだ。

「早く開けてください。不審者に思われてしまいますわ」

「わかった」

仏頂面《ぶっちょうづら》で言ってロックを解除し、玄関に向かう。

またインターフォンを鳴らされると梨花が起きると思い、ドアの鍵を開けて玄関先で妹を待ちかまえると、数分で妹が現れた。

「まあ、わざわざ出迎えてくださるなんて、どういう風の吹き回しかしら、お兄様？」

この嫌味ったらしい言い方。親父にそっくりで全然可愛くない。

「中で騒がれるわけにはいかないんでね。手短かに頼むよ」

まともに相手をするのは時間の無駄なので、先を促す。

「……梨花さんが中にいますの？」

詩織は玄関の隅に置いてある、梨花のパンプスに目を向けた。

まったく、目ざといヤツ。

「まあね。今日はいろいろあったし、疲れて寝てるんだ」

妹は梨花が病院に付き添ったのを知っているから、ごまかさずに素直に認める。

「お兄様のせいで梨花さん、大変でしたものね。その怪我は自業自得ですわよ」

刺々しい口調。

こいつ、絶対に親父似だな。身内に容赦ない。

「で、情報って？」

「急かしますわね」

俺がイラ立っているのが面白いのだろう。妹の目は楽しげに笑っている。

「俺もいろいろ忙しいんだよ。で、何がわかった？」

「会社のお父様のＩＤを使って江口課長の身辺を調べても、何もわかりませんでしたから、梨花さんのことを調べてみましたの。梨花さんが私生児ということは、ご存知かしら？」

俺の反応を見ながら、妹は上から目線で確認する。情報を知っていることで、俺より優位に立ったつもりなのだろう。

その態度にはあえて文句を言わず、先を促すため手短かに返事をする。

「ああ」

その話については、先週桜井さんから聞かされたばかりだ。

「梨花さんのお母様が、梨花さんが小さい頃に亡くなられたことも？」

「知ってる。それで？」

今のところ新しい情報はない。適当に相手をして早く帰らせるか。

だが、次の妹の言葉は俺の興味を引くものだった。

「梨花さんのお母様は、江口課長のお父様の弁護士事務所で働いていたらしいわ」

「へえ」

間接的ではあるが、ここで梨花と江口さんが繋《つな》がった。

「それで気になって、ここからは興信所に調べてもらったのですが、梨花さんのお母様は突然会社を辞めてますの。周囲には、親戚の家を手伝うことにしたと話していたそうですわ。でも、辞めた半年後に梨花さんが生まれている。怪しいと思いません？」

「……梨花の父親が、江口さんの父親ということか」

顎に手を当てて呟くように言えば、詩織は目を光らせた。

「あくまでも推論ですけど」

その顔は、自信ありげだ。

今知った事実から考えると、妹の読みは当たっているような気がする。

「だが、そう考えるとつじつまが合うな」

俺たちの推論が正しければ、江口さんは梨花と腹違いの兄妹ということになる。

だとしたら、クールな彼が梨花にかまうのも合点がいく。

心のモヤモヤが晴れて頬を緩めると、詩織は誇らしげな顔で俺を見た。

「ふふ。その顔だと、私はいい仕事をしたみたいですね」

「ああ。すごくね。ただ、親父のＩＤを使ったのはマズかったんじゃないのか？」

少し咎めれば、妹はそんな俺を見てうっすらと口角を上げた。

「その辺りは抜かりないですわ。後日、お兄様のところに興信所から請求書が届きますから、よろしくお願いしますわね」

このふてぶてしさ。ある意味うらやましい。

「わかったよ」

俺は渋々頷いた。

「あっ、そういえば忘れるところでした。社長室でお父様と人事部長が話しているのを偶然聞いてしまったんですけど、江口課長は梨花さんが入社した時に、彼女をうちの部署に配属するよう頼んだそうですわよ。それとこれ、お母様からの桃です。梨花さんにむいてもらってくださいね」

妹は持っていた袋を俺の手に押しつけ、含み笑いをする。

「では、私はお邪魔虫のようですので、これで失礼しますわ」

その目がなんともいやらしい。

こいつ、俺が梨花を手ごめにするとか考えているんだろうな。

踵《きびす》を返して帰ろうとする妹に、俺は兄としての義務感から声をかけた。

「詩織、タクシーを呼ぼうか？」

「いいえ、表に車を待たせていますの。ご心配なく」

詩織は、ニコッと隙のない笑顔を見せる。

最初から長居するつもりはなかったってことか。こいつなりに気を利かせているのかもしれない。

「気をつけて帰れよ。おやすみ」

エレベーターの前まで妹を見送ると、俺は家に戻った。キッチンに行って桃を置いてから客室へ向かう。

客室に置いてあるタオルケットを持ってリビングに行き、ソファで寝ている梨花にそっとかけた。本当は客室のベッドまで彼女を運んでやりたいところだが、この右手では彼女を落としてしまうかもしれない。

それにしても……。

「梨花が江口さんの妹か……」

まだ推測でしかないが……。

それに、江口さんが梨花をうちの部に配属するよう頼んだ、という噂は本当だった。兄だから、妹のことが気になったんだな。

さあて、どうしようか？　梨花は自分の父親のことを、どの程度知っているのだろう？

今の段階で彼女に江口さんのことを教えるのは……まだ早いと思う。まずは、家族のことを聞いてみたほうがいいかもしれない。

もし梨花が父親のことを知らなければ、江口さんに直接聞くのもいいだろう。優先すべきは、彼女の気持ち。

「今日はぐっすりお休み」

身を屈めて梨花の額にキスを落とすと、部屋の電気を消し、仕事をしに書斎に向かった。

ワンコな杉本君

『あんたみたいなブスが、杉本君の恋人になんてなれるわけないでしょう！』

佐藤さんが、階段から私を突き落とす。

『わあっ』

私の身体は宙に浮き、驚きで目を見張った。佐藤さんが憎らしげにこちらを見ていて、私はそのまま地面に落下すると思ったら……。

『梨花に手を出すな』

突然、黒い羽の悪魔が……杉本君が現れて、私を掬《すく》い上げるように抱き止める。

そして、私はそのまま暗黒の世界へ連れていかれた。

でも、行き着いた場所は、なぜかお風呂。

『え？　お風呂？』

何が一体どうなってるの～？

私が唖然としていると、人間の姿に戻った杉本君が上半身裸で私に迫ってきた。

『俺の身体、洗ってくれる？』

杉本君が甘い低音ボイスで囁き、心臓がドクンッと大きな音をたてて跳《は》ねる。

「無理～‼」

私は大声で叫ぶと、パッと目を開けて飛び起きた。

あれっ？　今のは、全部……夢？　杉本君が悪魔になっていたけど、昨日の出来事を集約したような夢だったな。

ソファの背にもたれかかり、髪をかき上げる。寝ていたはずなのに、全力疾走したあとのように肩でゼーハー息をしているのは、どうしてだろう。

ん？　寝てた……？

ハッと我に返って周囲を見回せば、ここは杉本君の家のリビングで、私がいるのはソファの上。

目がぼやけているのでメガネを探すと、テーブルの上に置かれていた。

メガネを外すのも、このタオルケットをかけるのも、自分でした記憶がないから、杉本君なんだろうな。お世話するはずが、されてしまった。

メガネをかけて壁時計を見ると、時刻は六時十分。

朝の⁉　私……杉本君がシャワー浴びに行ったあと、ずっと寝てたの？

……一体、私は何しにここに来たんだ。役に立たない女だって、杉本君に呆れられるよ。どうしよう〜！

頬を両手で押さえて顔面蒼白になっているところに、リビングのドアがバタンと勢いよく開いて、彼が部屋に飛び込んできた。

「梨花、どうした！」

息急き切って現れた杉本君を、ポカンと見つめる私。

グレーのTシャツに綿のパンツとラフな格好をした彼が、私のところにスタスタとやってきて、私の肩にポンと手を置いた。

「叫び声がしたけど、大丈夫⁉」

彼の勢いに気圧《けお》され、言葉を発することができない私はコクッと頷く。

「悪い夢でも見た？　少し額に汗をかいてるけど、熱はないよね？」

止める間もなく、彼は私の額に手を当てて確認した。

「……熱はなさそうだけど、どうしたの？」

私の額の汗を拭うと、彼はソファの端に腰を掛け、私の顔を心配そうに覗き込む。

「ち、ちょっと、佐藤さんの夢を見ちゃって……」

佐藤さんが夢に出てきてゾクッとしたのは事実だけど、上半身裸の杉本君にお風呂で迫られる悪夢を見ただなんて……。

わ～、きゃあ～、口が裂《さ》けても言えない～！

ドギマギしながらそんな言い訳をすれば、彼は私の頭を優しく撫でた。

「そうか。それは怖かったよね」

その声には実感がこもっている。あの場にいたし、私の恐怖をわかってくれているのだ。怪我がなかったのは彼のおかげ。

ほとんど無傷の私が、心配をかけちゃいけない。

「でも……もう平気だから」

笑ってみせるが、彼は不審顔。

「待ってて。何か温かい飲み物を淹れてくるから」

彼はスッとソファから立ち上がり、リビングの隣にあるキッチンに移動した。

「え？　杉本君？」

キッチンにいる彼を呆然と眺めていたら、彼は白いマグカップを手に戻ってきて、私に差し出した。

チョコレートの甘い匂いが漂ってくる。

「ホットチョコレートだよ。熱いから気をつけて」

甲斐甲斐《かいがい》しく世話を焼く彼をまじまじと見てから、両手でマグカップを受け取る。

「ありがとう」

右手が使えなくて、淹れるのに苦労したに違いない。

フーフー息を吐いて冷やしてから飲むと、少し落ち着いた。それに、ほどよい甘さに癒される。

「美味しい」

笑顔でそう感想を口にすれば、彼はホッとした様子でまたソファに腰を下ろした。

「よかった。もうあんなことは起こらないから。巻き込んでごめん」

真剣な表情で私を見つめ、頭を下げる。この前カフェでも「ごめんね」と紳士スマイルで謝罪してくれたけど、その時とは目が違う。

彼の誠意が伝わってきた。

「頭を上げて。巻き込まれたなんて思ってないよ。杉本君は身を挺《てい》して、私を守ってくれたじゃない。そういえば、いろいろあってちゃんとお礼を言ってなかったよね。助けてくれて本当にありがとう」

そうだよ。杉本君の怪我が気になっていて、すっかり忘れていた。

心からお礼を言って、まだ頭を下げたままの彼の頭に手を伸ばす。髪の毛がひと房クルンと跳ねていて、それがなぜか微笑ましく思えた。

まるで……子犬の尻尾みたい。

彼はいつも完璧なのに、寝癖《ねぐせ》がついているなんてよほど慌てて来てくれたのだろう。

そっとタオルケットをかけてくれて、私が叫べば飛んで来てくれて、それに右手が使えないのにホットチョコレートまで淹れてくれて……。結構、世話好きだよね？

想像していたのと違う。笑顔はうわべだけで、もっと冷たい人だと思っていたけど、本当は優しい人なのかも。そう考えると、怖くない……かな？　この髪も、ワンコみたいで可愛いし。

私が杉本君の髪に触れると、彼は目を見開いて驚いた。

「梨花？　どうしたの？」

「髪の毛、跳ねてるって思って」

杉本君と思うから身がまえちゃうんだ。子犬と思えば可愛いんじゃないだろうか。動物と思えば、異性という意識もなくなって普通に接することができそう。

「ああ。昨日ちゃんと乾かさなかったからだな」

杉本君が照れ笑いする。

……両手が使えないと、ドライヤーでブローしにくいよね。

「ごめんなさい。私が寝ちゃったからだよね？」

慌てて謝ると、杉本君は首を横に振った。

「謝ることないよ。昨日はいろいろあったしね。それより、もう髪に触ってくれないの？」

杉本君のその期待の眼差し。目がキラキラしていて、彼が可愛いワンコに見える。

手を伸ばして再び髪に触れると、柔らかくて気持ちよかった。

「杉本君の髪って、茶色くて綺麗な色だよね？　詩織ちゃんもそうだけど、生まれつきなの？」

「そう、これは天然」

「そうなんだ。髪の色も綺麗だけど、柔らかくて触り心地がいいね。ほかの人のもそうなのかな？　江口課長のとかサラサラしてそう」

課長の黒髪を想像してクスッと笑みをこぼせば、杉本君の目が闇色に染まり、何やら不穏な空気が漂ったように感じた。だが、それは気のせいだったらしい。

彼は、私に穏やかな笑顔を向けている。

「江口課長は触られるの嫌がると思うけど、俺のならいつ触ってもいいよ」

「いいの？　触られるの、嫌じゃない？」

私が瞳を輝かせながら聞き返すと、杉本君は目を細めて笑った。

「梨花ならいいよ」

杉本君の許可を得て、「わ〜、柔らかい」と言いながら彼の髪を何度も撫でる。そうしているうちに、寝癖が目立たなくなってきた。

そんな私を至近距離で見ていた杉本君が、ニヤリとしながらポツリと呟く。

「むしろ、これで警戒心が解けるなら……」

最後のほうが聞き取れず、彼の髪に触れていた手を引っ込めて聞き返す。

「え？　何？」

何かをごまかすように、杉本君はフッと笑った。

「梨花に触れられるの気持ちがいいよ、って言ったんだよ。それより、お腹空かない？」

「そういえば……」

杉本君に言われてグウとお腹が鳴り、慌てて両手で押さえる。

すると、彼はクスッと微笑んだ。

あ〜、お腹の音を聞かれちゃったよ〜！　恥ずかしい〜！

赤面する私の頭にポンと手をやり、彼はソファから立ち上がる。

「週に二回、家政婦さんが適当に食材を買ってきてくれるんだけど、食パンでいい?」

杉本君は私がお腹を空かせているのを知り、朝食を準備しに行こうとする。

そんな彼を慌てて止めた。

「待って、私が作るよ。そのためにここにいるんだし、昨日ちょっとキッチン見たんだけど、レトルトのご飯もあるよね? 杉本君はパンとご飯だったらどっちがいい?」

「いつも朝食はパンだったから、手間でなければご飯にしようかな。今日は土曜だし、何も予定がなくて家でゆっくりできるんだ」

「うん、わかった。身支度を整えたら、すぐに作るね」

「俺はちょっと仕事のメールを確認したいから、洗面所、先に使っていいよ」

そう告げて、彼はリビングを出ていく。

休日でも、起きてすぐに仕事のメールを見るなんて、本当に仕事熱心だよね。

感心しながら着替え、洗面所に行って身支度を整えると、キッチンに行って朝食の準備をする。

杉本君の家の冷蔵庫は食材が揃っててビックリしたけど、家政婦さんが来てたんだ。なるほど。基本的な調味料もあるし、調理器具や食器もうちなんかより揃ってる。杉本君、自分でも作るのかな?

レンジでレトルトのご飯を温めている間に、味噌《みそ》汁と玉子焼きを手早く作り、最後に我が家自慢の、ナスのぬか漬けを包丁で切る。

レンジがチンと鳴ると、手早くおにぎりを握った。

ブラウンのダイニングテーブルにお皿を並べていたら、杉本君がやってきた。

「俺も運ぶのを手伝うよ。やっぱり味噌汁の匂いっていいね。朝からテンション上がる。ひとりだと時間に余裕がないのもあって、味噌汁って作らないんだ」

いつも仕事頑張ってるもんね。

彼はなんでもスマートにできちゃう人だけど、日頃から人一倍努力していると思う。

「いいよ。杉本君は座ってて。昨日もシャワーのあと、仕事したんでしょう？」

杉本君ってメールのやり取りを見ていると、午前二時とか午前五時に返信していたりするし、きっと昨日も遅くまで仕事をしていたに違いない。怪我した右手じゃ、メールを打つのも時間がかかっただろうな。

「まあ、少しね。普段寝れないから、ちょうどいいんだ」

『少しね』なんて言ってるけど、多分夜遅くまでやっていたのだろう。

「不眠症？」

「そんなとこ」

杉本君はフッと微笑しながら、席に着く。

私はどこでもすぐに寝られるから、不眠症の人の大変さがよくわからない。

「眠れないって、とってもつらいんだろうね」

私が杉本君の前にお皿とフォークを置きながらそう言葉を返すと、彼はなぜか楽しげに頬を緩めた。

「最近、睡眠薬より効果のある薬を発見したんだ。そのうち、俺の不眠症も治ると思うよ」

そのセリフに、なぜかゾクッと悪寒がした私。

なんだろう？　また風邪でもひいたかな。

「……それはよかった」

首を傾げながら差し障りのないことを言って、自分も杉本君の向かい側のテーブルに着いた。

「いただきます」

ふたり一緒に手を合わせる。

「口に合わなかったらごめんね。フォークでよかったかな？」

杉本君に目を向けると、彼は早速、フォークで玉子焼きを刺して口に運んでいた。

「うん、この玉子焼きも美味しいよ。昨日のカレーも絶品だった。それにフォークにしてくれてありがとう。箸は、今はまだ使えないしね」

彼は目を細めて微笑む。

料理を褒めてもらえて、素直に嬉しかった。照れ笑いしながらも、今後の参考に彼に質問する。

「玉子焼きって、杉本君は出汁《だし》入りと甘いのだったらどっちが好き？」

彼の食べ物の好みを聞いておかなければ。

「今食べてる出汁入りのほうが好きかな。俺もたまに作るけど、こんなにうまくできないな。梨花が料理上手なのって、お母さんが教えてくれたから？」

杉本君の質問に、箸を持っていた手が止まる。

お母さん……かあ。お母さんにも、料理を教えてもらいたかったなあ。

「ううん。おばあちゃんが教えてくれたんだ。お母さんは小さい頃に亡くなってね。私、会社の寮に入る前までは、母方のおばあちゃんの家にずっと住んでいたの」

「そうなんだね。じゃあ、ずっとおばあちゃんとお父さんと梨花の三人暮らしだったのかな？」

杉本君は私の家庭に興味を持ったのか、相槌《あいづち》を打ちながら穏やかな顔で聞いてくる。

『お父さん』というフレーズに、大人になった今でも少し胸が痛んだ。

「うちは、お父さんが生まれた時からいなかったんだ。だから、お母さんが亡くなってからは、ずっとおばあちゃんとふたりで暮らしていたの」

暗い話にならないように、努めて明るい口調で杉本君に説明する。

そう、私にはお父さんがいなかった。

同級生に父のことを聞かれるたび、唇を噛みしめ『お父さんはいない』と答えていた私。悲しくて、寂しくて、悔しくて……何度泣いて母に父のことを問いただしたか。

でも、母がいつも悲しい顔をするから、そのうち聞くのをやめた。

きっと私には言えない大人の事情があるんだ、と無理やり自分に納得させて、顔も名前も知らない父のことは考えないようにしたのだ。

よその家がうらやましいと思ったこともあったけど、お母さんもおばあちゃんも私を大事にしてくれたから、中三の秋まではお父さんがいなくても幸せに暮らしていた。

中三の修学旅行の時、友達に『メガネかけないほうがいいよ』って言われて、外してみた。当時は黒板がよく見えなかったって程度で、今ほど目は悪くなくて……。

でも……オシャレなんて気にしなければよかったんだ。

私が親友の好きな人に告られて、それを見た親友が怒って、私の周囲の状況は一変。

親友が私のことを『私生児』ってクラスのみんなに言い触らして、それから一部の人たちに『私生児』って呼ばれだして学校に行きづらくなって……。

中三の冬頃、ついに不登校になった。

だから、私はおばあちゃんの勧めもあって、家から遠い私立の高校を受験した。

誰も私のことを知らない世界で、ゼロからやり直したかったんだ。お父さんがいなくても、普通に暮らせると証明したかったんだと思う。

「お父さんはいなかったけど、家族が可愛がってくれたから、寂しくはなかったよ」

私はニコッと笑ってみせると、おにぎりを頬張る。

「そっか」

杉本君はそんな私を静かな目で見ながら、相槌を打つ。

「それでね、お願いがあるんだけど……今日か明日、半日外出してもいいかな？　おばあちゃんが老人ホームに入ってて、週末はいつも会いに行くことにしてるの」

おばあちゃんは私の就職を機に、住んでいた家を売って老人ホームに入居した。足腰が悪くなって、私に面倒をかけたくなかったのだろう。

一緒に住めなくなったのは寂しいけど、老人ホームなら何かあった時にすぐに対処してくれるから安心だ。

「もちろんいいよ。その代わり、俺も一緒に行っていいかな？」

杉本君が思わぬ言葉を返す。

「え？　いいけど、どうして？」

驚きを露わにして、聞き返した。

なんで老人ホームに行きたがるの？　面白いものなんて何もないのに。

それに、杉本君が老人ホームにいる姿が想像できない。彼なら、週末をもっとオシャレな場所で過ごしそうだ。

「家にこもってるのも退屈だし、漬け物名人の師匠に会いたくなったんだよね」

杉本君が、フォークでナスを刺して食べる。口に合ったのか、彼は満足顔。

おばあちゃんが教えてくれた漬け物だし、こんなに喜んで食べてもらえると、おばあちゃんを褒めてくれているみたいで嬉しい。

「ふふ。『漬け物名人の師匠』ってなんか変。でも、おばあちゃん、杉本君に会ったら喜ぶと思うよ。今、八十歳なのに韓流ドラマにハマってて、イケメンに目がないの」

彼を見たら、きっと興奮するだろうな。誰が見ても美形だもんね。

「梨花にイケメン認定されるなんて光栄だな。じゃあ、ご飯食べたら会いに行こう」

杉本君が、とびきり無邪気な笑顔を見せる。

今日の彼は、可愛いワンコみたい。そんな風に思い込む作戦が利いたのか、彼とはだいぶ話しやすくなってきた。

「梨花、あとで着替えを手伝ってね」

今度は玉子焼きを食べながら、杉本君はニコニコ顔で言う。

「うん、いいよ」

何も考えずに返事をして、『ん？』と首を傾げた。

着替えってことは、またあのボタン地獄〜⁉

「ええ〜‼」

思わず叫んで、持っていた箸をポロリと落とす。

それを見て、杉本君が邪悪な笑みを浮かべた。

前言撤回。

杉本君は、やっぱり悪魔だ。

梨花と過ごす休日［学ＳＩＤＥ］

「へえ、ここなんだ」

俺は三階建ての白い外観の老人ホームを、まじまじと見つめた。

高級感があって、見た目はホテルみたいだ。うちのマンションから電車を使って四十五分。横浜《よこはま》の高台に、その老人ホームはあった。

右手を怪我していなければ俺が車を出したのだが、休日はあまり乗らない電車も梨花が一緒だとなかなか楽しい。


ここに来る途中の電車で席が空くと、梨花は俺を座らせようとした。

『杉本君、座ってください』

手を出して席を勧める梨花に、俺は首を横に振る。

『平気だよ。俺が怪我してるのは足じゃないから。梨花が座ったら？』

優しく笑って梨花に言えば、彼女はキョロキョロ辺りを見回し、『じゃあ、あのおばあさんに』とニコリと笑って、数メートル先にいた老女に声をかけた。

老女は梨花にお礼を言って、席に腰を下ろす。

彼女にとって、これはごく当たり前の日常なのだろう。

なんだろうな。梨花のそばにいると、心が温かくなる。

これが妹の詩織なら、こうはいかない。席が空けば、当然のように自分が座るだろう。いや、そもそもあれは電車にすら乗らないかもしれない。すぐにタクシーを使いそうだ。

梨花のように、自然に行動できるってすごいことだと思う。そんな彼女を育てたおばあさんに会うと思うと、少しワクワクする。

梨花と一緒に老人ホームの建物の中に入れば、彼女はフロントに行き、顔見知りなのか受付の女性に親しげに挨拶した。

「こんにちは、白井《しらい》さん」

「こんにちは、梨花ちゃん。あら、今日は彼氏と一緒なの？」

受付の女性は俺と梨花を見て、にこやかに微笑んだ。

「ち、違いますよ、白井さん！　彼は会社の同僚です！」

梨花がギョッとした顔ですぐに否定するが、そんな彼女に自然と笑みがこぼれる。

そこは素直に『はい』と頷いておけばいいのに。

「そうなの？　梨花ちゃんのおばあちゃん、さっき談話室のほうにいたわよ。今日はおばあちゃん、お客さんが多いから嬉しいでしょうね」

受付の女性は、俺たちに入館証を手渡す。

「ありがとうございます」

俺たちはお礼を言って入館証を受け取り、目の前の長い廊下を歩く。

日が差し込んで気持ちがいい。廊下をすれ違うお年寄りの顔も、心なしか明るく見える。職員の対応もよさそうだし、いい施設だと思った。

「談話室には美味しいコーヒーメーカーが置いてあって、おばあちゃん、一日に一回は足を運ぶみたい」

「コーヒー好きなんだね。外出が自由なら、次回はおばあさんを連れて美味しいコーヒーのお店に行ってみようか？」

そう提案すると、梨花は花のように可愛い笑みを浮かべた。

「杉本君、いいとこ知ってそうだよね。気持ちだけでも嬉しいよ。ありがとう！」

だいぶ俺に笑顔を見せてくれるようになったが、まだどこか他人行儀なんだよな。

俺と梨花の間にある壁。さて、どうやって乗り越えようか。

そんなことを考えながら歩いていたら、数メートル先を見覚えのある顔が横切った。

……江口さん？

メガネをかけていなかったが、あれは江口さんで間違いないと思う。だとしたら、こんな偶然、そうはない。祖父母がいて、たまたま会いに来たのか？

う〜ん、やっぱり梨花と繋がっているような気がする。

「杉本君、どうしたの？　ボーッとして」

梨花が俺の腕に、そっと触れてくる。

「ああ。どこのコーヒーが美味しかったか、ちょっと考えてて」

俺は咄嗟に、笑顔を取り繕った。

江口さんのことは、梨花には言わないでおこう。まだ推測の段階で伝えるのは、よくない。万が一間違っていれば、彼女を混乱させるだけだ。

「そんなに考え込まなくてもいいのに。杉本君って意外に可愛いところがあるんだね」

口に手を当て、梨花がクスッと笑う。

そんな彼女を見ていると、なんとも優しい気持ちになった。

「『可愛い』って言われたのは、初めてだな」

梨花の言葉には裏がない。

だから、ほかの人に言われればムッとするような言葉も、彼女の口から言われると素直に受け入れられる。

「あっ、ごめんね‼　嫌だった？」

俺のセリフを誤解したのか、彼女が慌てて謝る。

「いや、むしろ梨花に言われると嬉しいよ。今みたいに、遠慮なく言ってくれるといいな。さあ、行こう」

俺が彼女の腰にさりげなく手を当てれば、その身体がビクッとなった。

「す、杉本君！」

梨花が頬を赤く染めて抗議するが、俺は手を退けなかった。

「右手怪我してるし、このほうがバランスが取りやすいんだ」

「え？　そうなの？　じゃあ……仕方ないよね」

自分を納得させるように呟いて、ぎこちなく歩き始める梨花。

こんなわかりやすい嘘をあっさり信じるなんて、ほんとどこまでお人好しなんだろう。俺を警戒しているようで、詰めがまだまだ甘い。

そんな彼女だからこそ、俺が守らなければと思えてくる。

談話室に着くと、三人の老女がソファに座り、コーヒーを飲みながら談笑していた。

「おばあちゃん～」

梨花が右端に座っているおばあさんに、手を振りながら声をかける。

彼女のおばあさんは小柄で、笑顔がとても素敵な人だった。

「梨花、待ってたよ。隣にいるのは梨花の彼氏かい？」

チラリと俺に目をやり、おばあさんはニコニコ顔で梨花に視線を戻す。

今日二度目の質問。

「おばあちゃん、期待しているところ申し訳ないけど、杉本君は会社の同僚なの」

ハーッとため息交じりの声で、否定する。

「杉本学です。はじめまして。突然、お邪魔してすみません。漬け物名人の師匠にどうしても会いたくて来てしまいました」

にこやかな笑顔で挨拶したら、梨花のおばあさんは俺に微笑み返した。

「まあ、『漬け物名人の師匠』だなんて照れるわ。それに、今日はハンサムな殿方に何人も会えて、なんていい日なの。私があと五十歳、若ければねえ」

何人も？

梨花のおばあさんの言葉に、引っかかりを覚える。

やっぱり江口さんも、ここに来たんじゃあ……。

「梨花、私の携帯で、このハンサムさんと私の写真を撮ってくれないかい？　こんな王子様のような美形、一生にそう何度も会えないからねえ」

そう言って梨花のおばあさんが、バッグから真っ赤なガラケーを取り出す。

「おばあちゃん、何言ってるの！　会社の同僚なんだから、写真なんか頼まないで！　初対面なのに、唐突にそんなお願いするなんて失礼だよ」

梨花がギョッとした顔で、おばあさんを止めに入る。

「いいよ、梨花」

俺はソファの横に立ち、少し屈んで梨花のおばあさんに顔を寄せた。

「ほら、梨花撮って」

笑顔で梨花に声をかければ、彼女は「おばあちゃん、一枚だけよ」と念押しして、おばあさんの携帯を手に写真を撮る。

「おばあちゃん、これでいいでしょう？」

梨花が携帯を操作して画像を見せると、おばあさんは破顔した。

「ほんと、杉本さんは美形だね。眼福、眼福」

画像を見ながら、おばあさんはなぜか嬉しそうに手を合わせて拝む。

その可愛い姿を見て、梨花に似ていると思った。

「杉本君、ごめんね！」

梨花が手を合わせて、申し訳なさそうに俺に謝った。

「そんな謝らなくていいよ。俺も楽しんでいるから」

左手を梨花の頭の上にポンと置いて撫でる。

そんな俺たちの様子を笑顔で見ていたおばあさんは、ソファからゆっくり立ち上がった。

「私の部屋に来るかい？　ちょうど、さっき美味しいお菓子をいただいてね」

「うん、そうだね。そうしようか」

梨花が慣れた動作で、ソファの近くに置いてあった杖をおばあさんに手渡す。

おばあさんは、足の具合が悪いのだろうか。

「じゃあ、行こうかね」

おばあさんが俺ににこやかに声をかけ、俺は口元に笑みを浮かべながら「ええ」と頷いた。

杖をついて歩くおばあさんの横を梨花が歩き、ふたりの後ろを俺が歩く。

談話室から百メートルほど歩いた住居棟の一階に、梨花のおばあさんの部屋があった。各ドアは重厚にできていて、マンションのように完全個室。

ドアを開けて中に入ると、玄関部分は段差がなく、リビングへと続く廊下には手すりがあった。

バリアフリーで、足の悪い老人には安心だろうな。見たところ施設は整っているし、入居するにもかなりのお金がいるに違いない。梨花には父母がいないのに、経済的に大丈夫なのか？

おばあさんが資産家ならいいが、少し心配になる。

「お邪魔します」

靴を脱いで部屋に上がると、数メートル先にあるリビングに入った。

右手に小さなダイニングテーブル、その奥にはキッチン、左手にはソファと小さなテーブル、そして中央には四十インチほどの大きさのテレビがあった。左手の奥にはドアがあるが、その向こうはおそらく寝室だろう。

「杉本君、ソファに座ってて」

梨花にそう声をかけられるが、ダイニングテーブルの上に置いてある絵と色鉛筆が気になって、思わず見入った。

「これは、おばあさんが書いたんですか？　綺麗ですね」

とても細かい花柄の絵は、色鉛筆で鮮やかに彩色されていて、思わず目を引く。

「大人の塗《ぬ》り絵なんですよ。梨花がプレゼントしてくれて。ボケ防止にもなるし、作業をしていると楽しくて時間を忘れるんですよ」

そう説明して、おばあさんはソファにゆっくりと腰を下ろす。

確かにこの絵を塗り上げるのは細かい作業だし、かなりの時間がいるだろう。おばあさんがやる趣味としては、お手軽でいいのかもな。

「私も試しにやってみたんだけど、結構ハマるんだよ。途中でやめられなくて、深夜までやってたことあるし」

キッチンに行った梨花が、ヌッと顔だけ出す。

「梨花、そういえばコーヒーが切れてたよ。売店で買ってきてくれないかい？」

梨花のおばあさんが思い出したように言って、梨花に頼む。

「うん、わかった。杉本君、適当にくつろいでてね」

梨花が財布を持って部屋を出ていくと、おばあさんは俺に目を向け、ソファをトントンと叩いた。

「こちらに来て、座りませんか」

「ありがとうございます」

頬を緩めておばあさんの隣に腰掛ければ、彼女はじっと俺を見た。

顔は笑っているが、その目は俺をどこか値踏みするような表情で……。

なるほどね。俺とふたりきりになるために、わざと梨花に買いに行かせたんだな。

「杉本さんと言いましたね。実際のところ、梨花とはどういうご関係ですか？　梨花がここに人を連れてきたのは、初めてなんですよ。しかも、それがこんな素敵な人だなんて」

顔には出さなかったものの、梨花と一緒に俺が現れて驚いたのだろう。

おばあさんが単刀直入に聞いてくるので、俺は誠実に答えた。

「会社の同僚というのは本当です。梨花さんとはもともと高校の同級生で、親しくなったのは最近ですが、大事にしたいと思っています。できればずっと。そうはいっても、まだ梨花さんを口説いている段階ですけど」

クスッと笑ってみせるが、おばあさんの目はまだ俺を警戒している。

「そうですか。杉本という名字……梨花の会社の杉本商事とお名前が一緒ですが、ひょっとして……」

「ええ。父が経営している会社です」

あまり驚かせたくなかったが、俺は正直に認めた。

「言いにくいお話ですが、私の娘は未婚で梨花を出産し、梨花には戸籍上、父親がおりません。杉本さんのような立場の方がお付き合いするのは、世間体が悪いかと……」

梨花のおばあさんが、気まずそうに言葉を濁す。

「梨花さんのお父様のことは知っています。でも、僕や僕の家族にとっても、そのことは重要ではありません。大事なのは彼女ですから」

自分がいい加減な気持ちで梨花といるのではないことを、俺はまっすぐおばあさんの目を見て伝えた。

「……梨花から、その話を聞いたのですか？」

おばあさんが、意外だというような顔をする。

「ええ。その話をした時は、少し寂しそうな顔をしてました」

家族がいたから平気だったと梨花は言っていたが、やはり父親がいなくてつらかったと思う。

「あの子は中学の時に、学校で『私生児』だって言われて……それから不登校になって、高校は家から少し離れた学校に行っていたんです。私には何も言いませんでしたが、かなりつらかったと思います」

……なるほどね。だから、帝和学園に入学したのか。

「そんなことがあったんですね。ところで、おばあさんは梨花の父親について何かご存知なんですか？」

　少し突っ込んだ質問をすれば、おばあさんの顔は一瞬強張った。

　数秒の間。

「……さあ」

おばあさんは俺から視線を逸らし、首を傾げる。

目を合わせないってことは、何か知ってるんだろうな。

「江口章一という名前に、聞き覚えはありませんか？」

俺は江口さんの父親の名前を、あえて口にする。

すると、おばあさんの眉がピクリと動いた。

「……いいえ。どうしてですか？」

否定しているが、知っているって顔だな。人には話せないということだろうか？

「いえ、なんでもありません。気にしないでください。梨花さんの話に戻りますが、僕は本気です。何事にも、一生懸命な彼女の姿に惹かれました。梨花さんは仕事も頑張ってくれていて、いつも僕を助けてくれるんですよ」

　俺が梨花の会社での仕事ぶりや、屋上でのランチの話、彼女がおばあさんにもらったぬか床を大事にしている話をすると、おばあさんは興味深げに耳を傾けていた。表情もさっきと比べ、和らいだような気がする。

少しは、俺のことを信用してくれたのかもしれない。

「そうですか。あの子、頑張っているのねえ」

多分、梨花は仕事の話をおばあさんにあまりしないのだろう。孫娘の日常を知って、おばあさんは胸に手を当て、ホッとした顔をした。

「それに、あなたが梨花のことを本当に好きなのがよくわかりました。とても優しい目をして、あの子のことを語るんだもの。こんなに梨花のことを温かい目で見てくれている人がそばにいて、安心しましたよ」

おばあさんは、フフッと相好を崩す。

「梨花さんのそばにいると、自分も心穏やかになって温かい気持ちになれるんです。あんな素敵なお嬢さんに育ててくださって、ありがとうございます」

「もとからああいう子です。杉本さん、あの子の出生を気にしないということであれば、私の代わりにあの子を守ってやってくれませんか。私ももう、そんなに長くはないでしょう？　あの子のことが心配で、さっきも知人にもお願いしたんですよ」

その知人というのは、江口さんのことだろうか？

「そんな寂しいことを言わないでください。ひ孫、抱きたくないですか？」

しんみりした空気を変えようと、俺は茶目っ気たっぷりに言った。

「その前に、あの子の花嫁姿が見たいねえ」

おばあさんがどこか遠くを見つめながら、頰を緩める。きっと、梨花のウェディングドレス姿でも想像しているのだろう。

「同感です。相手は僕で、異論はないですね？」

笑みを浮かべながらそう問えば、おばあさんは「あの子がよければ、私は異論なんてないですよ」と、優しくおっとりとした口調で返した。

「真剣な気持ちがなければ、わざわざこんな場所に足なんて運ばないでしょう？　あなたの気持ちが、早くあの子に伝わるといいわねえ。あの子は結構、鈍感だから」

おばあさんは温かい目で俺を見て、エールを送る。

「来てよかったですよ。おばあさんのお許しをいただけましたし」

フッと微笑すると、玄関のドアがガチャッと開く音がした。

梨花が戻ってきたな。

「ただいま～」

梨花の明るい声がして玄関のほうに目を向ければ、彼女がビニール袋を手に入ってきた。

「今、コーヒーを淹れるから」

そのままキッチンに向かう梨花に、俺はソファから立ち上がって声をかける。

「何か手伝おうか？」

「いいよ。杉本君、怪我してるんだから座ってて」

梨花は俺の手を気遣って、優しい言葉をかけた。

「怪我？　そういえば……その右手」

梨花のおばあさんが、俺の右手に目を向ける。

「私が階段から落ちたところを杉本君が助けてくれたんだけど、その時に杉本君……右手の指を骨折しちゃったの」

佐藤のことには触れずに、梨花が俺が怪我をした時の状況を説明する。佐藤の話をして、おばあさんに変な心配をさせたくなかったのだろう。

それでも、おばあさんはビックリしたようで、口に手を当てあたふたした。

「まあ！　梨花を助けて骨折だなんて……。痛みとか、ひどいんじゃあ……」

おばあさんは心配そうに俺を見る。

「そんなたいした怪我ではないんですよ。骨折と聞いて驚くかもしれませんが、動かさなければあまり痛みはありません。だから心配しないでください」

ソファに座り直してそう説明し、おばあさんを安心させようと、その肩をそっと撫でた。

これで少しは気にしないでもらえるかと思ったが、おばあさんは申し訳なさそうに何度も頭を下げる。

「そうですか？　本当に、本当にごめんなさいね。この子は普段ボーッとしていることが多いから。でも、梨花を助けてくれてありがとう」

「気にしないでください。梨花さんに怪我がなくてよかったですよ」

気に病んでほしくなくて、にこやかな顔で言った。

「梨花、何かあれば、杉本さんのお手伝いをしなさい。なるべくそばにいて、お世話するのよ」

おばあさんは梨花をじっと見据え、少し厳しい顔で指図する。

「わかってるよ、おばあちゃん。ちゃんとお世話してるんだよ。ねえ、杉本君？」

梨花が困り顔で、俺に助けを求めた。

「そうだね。とても熱心に介抱してくれて助かるよ。まるで奥さんみたいにね」

ニコッと微笑みながら、梨花をからかう。

「あら、それはそれは。若いっていいわねえ」

おばあさんは目を細めて笑うが、梨花はギョッとした顔で俺に抗議した。

「ちょっ、杉本君！　そんな含みのある言い方しないでよ！」

「梨花、落ち着いて。おばあさんがビックリするよ」

俺は梨花に近づいて、彼女の頭を愛おしげに撫でる。

「本当に、大事にしてもらってるのねえ」

手を組んで、楽しげに俺達を眺めるおばあさん。

「おばあちゃん‼　誤解だよ‼　本当に食事とか、ネクタイを外すのとか、シャツのボタンを外すのとか……あっ」

今朝の着替えを思い出したのか、梨花が突然口を押さえ、耳まで真っ赤になった。

俺のボタンをはめようとして、そのままよろけて俺と一緒にソファにダイブしたんだよな。彼女が俺を押し倒すような格好になって、今みたいに赤面して……。

反応が可愛くて、自分の理性が吹っ飛びそうになる。

「うふふ。ラブラブねえ。私はお邪魔かしら？　これなら、梨花の花嫁姿もすぐに見られそうだわ」

おばあさんが期待の眼差しで、俺を見てニヤリとする。

「だから、おばあちゃん、違うってば！」

梨花はムキになって、大声で否定した。

「いつも漫画ばっかり読んでいるから、どうなることか心配だったけど、杉本さんがいてくれてよかったわあ」

おばあさんが動揺する梨花を見て、小さく微笑む。

「梨花さんのことは僕にお任せください。あと、僕のことは〝学〟と呼んでいただけると嬉しいです。梨花、おばあさんに早くウェディングドレス姿を見せてあげようね」

俺が笑顔でそう言うと、梨花は涙目で声を張り上げた。

「もう杉本君、悪のりしすぎ！」

ふたりで遊園地

「やはり、梨花さんのウェディングドレス姿と白無垢姿、両方見たいですよね？」

杉本君が左手で器用にパスタを口に運びながら、おばあさんに同意を求める。

「それは素敵ね。今まで恋人がいなかったから、この子の結婚は半分諦めていたのよ。でも、学さんが現れてくれて本当によかったわ」

満面の笑みを浮かべ、おばあちゃんは煎茶《せんちゃ》を啜《すす》った。

「おばあちゃん、それは何度も言ってるけど、杉本君の冗談だよ。本気にしないで！」

声を荒らげてふたりの会話に割って入るが、おばあちゃんは「もうこの子は照れちゃって」と笑みを浮かべるばかり。

おばあさんの部屋でコーヒーを飲んでひと息ついたあと、私たち三人は今、場所を移動して老人ホーム内にあるレストランでランチを食べている。

私がおばあちゃんの部屋に戻ってから、ずっと私の結婚……いや、杉本君と私の結婚話で勝手に盛り上がり、意気投合してしまったふたり。

私は頭を抱えた。何度も大声を出したせいで、喉が痛い。

いまだかつて、私には恋人がいたことなどない。好きな人だって、ずっと少女漫画に出てくる登場人物だった。そんな私が結婚する可能性なんて、皆無に等しい。

おばあちゃんも私が来ると、気を遣って結婚の話題を避けていたのに……杉本君は私を『奥さんみたい』とか『ウェディングドレス姿を見せてあげようね』とか言ってからかうから、おばあちゃんもすっかりその気になっちゃって……。イケメンの彼に会えて嬉しいのもあるけど、おばあちゃんはすごくはしゃいでいる。

もう、この誤解、どうやって解くのよ！　杉本君のバカ！

恨みがましい視線を、杉本君にギロッと向けた。

私が『杉本君とは結婚しない』と声を大にして何度否定しても、おばあちゃんは全然聞く耳を持たない。おまけに、杉本君に言われたのもあるんだろうけど、おばあちゃんは彼を親しげに下の名前で呼んでいるのだ。

おばあちゃん、落ち着いて考えてよ。杉本君みたいに顔もカッコよくて仕事もデキる御曹司が、私のような庶民と結婚するわけないでしょう！

杉本君も杉本君だ。おばあちゃんを楽しませるのが目的なのかもしれないけど、年寄りに変な期待を持たせないでほしい。

「梨花、パスタ、全然食べてないけど、食欲ないの？」

杉本君が気遣わしげに、私に声をかける。

そんな私たちの様子を見て、おばあちゃんはホクホク顔。

おばあちゃんがいなければ、『誰のせいで食欲がないと思っているの！』と彼を怒って責めただろう。

「……もうお腹いっぱいだから」

怒りを抑え、フーッと息を吐き、私は皿の上にフォークを置いた。

「夏バテかな。夜はあっさりした物を食べようか」

公衆の面前なのに、杉本君は甘い声で言って、私の頬を愛おしげに撫でる。

すると、心臓がトクンと跳ねた。

自分の魅力を熟知しているこの人には、こんな些細な動作でも私をドキッとさせられるとわかっているのだろう。だって、杉本君の目が笑ってる。

私は彼の手のひらの上で踊らされてるんだ、きっと。反応が面白くて私をからかっているんだろうけど、おばあちゃんを巻き込むなんてひどいよ！

杉本君をキッと睨みつけるが、彼は意に介さず、恋人に向けるような甘い笑顔を向けてきた。

「休日だし、夕飯も外で食べてもいいかもね」

呆れて何も言う気になれず、それからはずっと仏頂面で無言だった私。

レストランで二時間ほど過ごすと、私と杉本君はおばあちゃんに別れの挨拶をして老人ホームをあとにした。

杉本君に怒っていた私は、彼を無視して早足で駅までの道を歩く。日差しが強いせいか、額に汗が滲《にじ》んだ。

かなり速く歩いたつもりなのに、杉本君の足が長くてすぐに横に並ばれた。

「まだ怒ってるの？」

にこやかな顔で、彼が私の顔を覗き込む。

「怒ってますよ！」

杉本君の目をキッと睨み、私はプウッと頬を膨らませた。

「年寄りを騙《だま》すようなことを言わないでください！　結婚する気なんてないのに変な期待を持たせたら、おばあちゃんがかわいそうじゃないですか！」

あとから『全部嘘なんだよ』なんて言っても、なかなか信じないに違いない。おばあちゃん、私の言うことなんてちっとも聞かなかったもん。

どうすればダメージが少なく、おばあちゃんにあれは冗談だったと、信じさせることができるのだろう。こんなことなら、杉本君を連れてこなければよかった。

「俺は嘘は言ってないよ。でも、嬉しいなあ」

悪びれた様子もなくそう言って、杉本君はニコニコ顔になる。

私がこんなに怒っているのに、彼は全然気にしていないのが腹立たしい。

「は？　何がですか！」

語気を強め、私は杉本君を見据えた。

「梨花、いつも俺のことを怖がってるのに、今日は俺に対して珍しく怒ってるよね。梨花の怒った顔も可愛いなあ」

杉本君が、嬉しそうに目を細める。

この人は……話をすり替えようとしていない？

「ひ、人をからかうのもいい加減にしてください！」

私は声を荒らげて怒った。老人ホームでもかなり叫んだせいか、声が掠れた。

「からかってないよ。せっかく横浜に来たんだし、遊んで帰ろう」

杉本君が私の手をギュッと握って、駅とは逆方向に歩きだす。

「ちょっと、待って！　遊ぶってどこで？」

スタスタと歩く杉本君に引きずられそうになった私は、彼の言いなりになるのが嫌で立ち止まった。

「遊園地。電車乗ってる時に観覧車が見えたから、梨花と行くのもいいかなと思って」

えっ、杉本君と？　冗談じゃない！

「遊園地っていったら、デートじゃないですか！　恋人と行ってください」

杉本君の手を離そうとしても、彼は今度は恋人繋ぎで強く握ってくる。

「俺たち、すでにデートしてると思うよ。ただの同僚が、休日にわざわざおばあさんに会いに行くと思う？」

「それは……」

私は言葉に詰まった。杉本君に指摘されて初めて気づく。

客観的に考えると、彼の言う通りだ。

おばあちゃんが教えてくれた漬け物を美味しそうに食べてくれるから、彼を連れてきちゃったけど……私って考えなしだったかもしれない。

「休日なんだから、楽しもう」

杉本君に笑顔で押し切られ、渋々歩いて約十分。辿り着いた遊園地は横浜のど真ん中にある、最近オープンしたばかりのところだった。

都会にあるから敷地面積はあまり広くないけど、日本最大級の傾斜を誇るジェットコースターや、四十メートルの高さから落下するフリーフォールなどの絶叫マシーン、大観覧車などがメディアで注目されていたっけ。

人気のスポットなのか、チケットカウンターの前には長蛇の列。

彼に手を引かれたまま、二十分ほど並んでチケットを購入。

杉本君がクレジットカードで払ったので、私も財布を出そうとしたら、手で止められた。

「誘ったのは俺だからいいよ」

「でも……」

私が躊躇《ちゅうちょ》していると、杉本君は私の手を引いた。

「ここでもたついていたら、みんなのひんしゅく買うよ。行こう」

杉本君に手を引かれたまま、激混みのゲートを抜けて遊園地の中に入る。

「うわあ、カップルだらけ」

キョロキョロと辺りを見回す。チケットカウンターにもチラシが貼ってあったけど、今日はカップルの入場パスポートが千円引きとあったせいか、家族連れよりもカップルのほうが圧倒的に多い。

遊園地なんてデートのテッパンじゃない。だから、ずっとおひとり様だった私には縁のない場所だった。その場所に今、杉本君といるなんてね。

休日もずっと漫画の世界に浸っている私が、来る場所じゃない気がする。それに、絶叫系の乗り物は苦手なんだけど……。

気が引けている私に、杉本君が優しく指摘する。

「そういう俺たちもカップルだけど。どこに行きたい？」

「……とりあえず、涼みたいかな」

歩いてきたから軽く汗かいちゃったし、絶叫系は見てるだけでいいよ。

「涼む、ねえ。お化け屋敷とかどう？　怖いの平気？」

「うん、大丈夫」

杉本君の提案に、なんの不安も抱かず即答した。

お化け屋敷なんて、乗り物に乗って、作り物のお化けを眺めていればすぐに終わるんでしょ。乗っている間に休めるし、お化けも自分に触れてこないから怖くはない。

そう思っていたのに……。

「廃病院？」

ひび割れた鉄筋コンクリートの建物を見て、私は目を丸くした。

「ここのお化け屋敷、演出が結構凝ってるらしいよ」

杉本君が遊園地のパンフレットを眺めながら、にこやかに言う。

聞いてないよ〜。お化け屋敷なんて適当に暗くて涼しければそれで充分じゃない？

「凝らなくていいのに……」

重い足取りでお化け屋敷の中に入ると、ドアの外まで聞こえていた悲鳴が間近で聞こえた。効果音だと思っていたが、そうではないらしい。

ゴクリと唾を飲み込んで前に進むが、乗り物がどこにもなくて不思議に思った。

「あれ？　ここって乗り物はないの？」

「歩いて進むみたいだよ。ほら、こっち」

杉本君が、通路に貼られた矢印の方向に向かう。

そんな……前途多難な展開。

彼に手を引かれながらあとをついていけば、突然、歯医者で使うようなドリルの音がして、何かが私の肩に触れた。

「ギャアー！」

私は思い切り叫んで杉本君から手を離し、その場にしゃがみ込んだ。

「か、肩！　肩！」

気が動転している私は、大騒ぎ。

「大丈夫。上から包帯が落ちてきただけだよ」

全く動じていない杉本君は、私の手をつかんで立ち上がらせる。

包帯？　そういえば、布みたいな感触だった。

包帯ぐらいでビビるなんて、無事に出られるの～⁉

ここに入ったことを早くも後悔していたら、いきなり目の前にミイラ男が現れ、「わあ～！」と叫ぶ。

驚いた私は「きゃ～！」と声をあげ、杉本君に抱きついた。

あっちへ行って～！

ミイラ男から顔を背《そむ》け、じっといなくなるのを待つ。すると、杉本君に優しく声をかけられた。

「ミイラ男はいなくなったよ」

その言葉を聞いても、すっかり腰が引けてしまった私は彼の身体にしがみつき、周囲を警戒しながら前に進む。

突然、ジャーンというピアノの音がして、「ぎゃあ‼」と飛び上がった。

ああ、もう早く出たい～！　つ、次は何？

身がまえながら進めば、手術室らしき場所が見えて、手術台に寝ていた患者が起き上がり、私たちのほうへ血だらけの身体で歩いてくる。

あれは生きている人間。

雇われている人だって頭ではわかっているんだけど、目の前まで迫ってこられると怖くて心臓が止まりそうだった。

「ギャー！　ギャー！　来ないで！」

私は半ばパニックになりながら叫んだ。

もうあとはどうやって乗り切ったのか、わからない。というのも、杉本君にずっとしがみついて目を閉じていたから。

「梨花、もう終わったよ」

杉本君が優しく声をかけ、私の頭に手を置く。

恐る恐る目を開けると、そこはお化け屋敷の出口だった。

彼がいなかったら、私はずっと出られなかったかもしれない。ちょっと涼むつもりが、身体がかなり冷え切ってしまった。

「一生出られないかと思った」

外に出ると太陽の光が眩しく、私の身体を温めてくれた。

ホーッと胸を撫で下ろす。

「一生って大げさだな。でも、俺的にはラッキーだったよ。梨花から抱きついてくれたんだから」

余裕顔の杉本君は、嬉しそうに頬を緩めた。

「あっ！」

杉本君に指摘されて、初めて気づく。

私ったら……そばにいたから、命綱みたいにずっと彼にしがみついちゃったよ。

「きゃあ、ごめんなさい〜！」

急に杉本君を意識してしまい、心臓がドキドキしてきた。

慌ててパッと手を離すと、彼はあからさまに残念そうな顔をする。

「遠慮しなくていいのに」

「いやいや。杉本君、醜態をさらしてごめんね」

きゃあきゃあ叫びまくってたし、相当うるさかったに違いない。

お化け屋敷なんか、もう二度と来るもんか。

「次は何にする？」

遊園地のマップを眺めながら、杉本君が聞いてくる。

「次？」

私でも乗れそうな物……。

辺りをキョロキョロ見回すと、コーヒーカップが目に入った。

「コーヒーカップでもいいかな?」

クルクル回るだけだし、ジェットコースターに比べたら難易度はかなり低い。だってあんな幼稚園くらいの小さい子が乗ってるもん。あれなら大丈夫。ここは、汚名返上しなければ。

「いいよ。空いてるし、すぐに乗れそうだね」

杉本君が笑顔で応じる。

乗り場に行くと、十分ほどで順番が回ってきた。

コーヒーカップって、小学校以来じゃないだろうか? 実は遊園地そのものも、高校の修学旅行以来だったりする。

彼とハートの模様が描かれた、ピンクのコーヒーカップに乗り込む。

周りはカップルや家族連れ。

ハンドルを回すだけなら、私にもできる。そう意気込んで、ハンドルを強く握った。

「梨花、顔が真剣だね」

杉本君が、私を見て笑みをこぼす。彼はシートに腰掛けてのんびりしている。

「コーヒーカップは私に任せて」

右手を怪我している杉本君の分も、私が頑張らなくては。

変なスイッチが入った私は、回すと自分のカップもそれだけ動くということも忘れ、一心不乱にハンドルを操作し続ける。

「梨花、回しすぎじゃない?」

杉本君の気遣わしげな声もスルーして必死に動かした結果、目がくらくらして胸が気持ち悪くなった。

ブザーが鳴り、カップから降りようとするも、身体がふらついて彼に支えられる。

あ~、気持ち悪い。私ってかなりカッコ悪い。なんでこうなるの?

「顔、青白いけど、大丈夫?」

杉本君が心配そうに私の顔を見て、近くのベンチに座らせる。

「……多分」

『大丈夫』と言える元気はない。

私……一体、何してるんだろう?

「ちょっと待ってて」

杉本君がどこかに向かって走っていく。

その姿をぼんやりと眺めた。

同じ体験をしているのに、どうして彼はああも平然としているのか。記憶を辿っても、杉本君の無様な姿なんて見たことがない。いつだって完全無欠なんだよね。

「お待たせ」

五分くらいして、杉本君が水のペットボトルとアイスらしき物が入っているカップを持って戻ってきた。

「まずはお水を飲んで」

ペットボトルを渡され、言われるがままキャップの蓋を開けてゴクッと飲む。

冷たい水が美味しい。渇いた喉が潤って、ホッとする。

「杉本君、ありがとう。おかげで少し楽になったよ」

「じゃあ、今度はこっち」

ニコッとしながら、杉本君はカップを私に手渡す。

「それ、柚子《ゆず》のシャーベット。気分がスッキリするかと思ってね」

妹がいるせいか、女の子の扱いに慣れている杉本君。とても気が利く。

「ありがとう」

素直に受け取って、シャーベットを口に入れた。

冷たいシャーベットが、口の中にスーッと溶け込んで美味しい。アイスほど重くなく、後味もスッキリ。柚子のほどよい甘酸っぱさがいい。

「これ、美味しい！」

思わず満面の笑みを浮かべた。さっきまで気持ち悪かったはずなのに、気分爽快。

「俺にもひと口ちょーだい」

そう言って、杉本君は横から私の手をつかんでシャーベットを自分の口に運ぶ。

「あっ」

間接キス……。

私は呆然と杉本君の唇を眺める。

「うん、確かに美味しい。甘いのが苦手な俺でも食べやすいかも。ん？　どうかした？」

杉本君が、私の顔を見て首を傾げる。

「……ううん、なんでもない」

『間接キス』なんて騒いだら笑われるだろうな。私って、ほんとその辺にいる中学生と変わらないかも。それなのに……なんで今、こんな超絶美形と一緒にいるんだろう。

「梨花、シャーベットはもういいの？　ボーッとしてると溶けちゃうよ」

彼がクスッと笑みをこぼしながら、私を優しく注意する。

「あっ、杉本君はシャーベット、もういいの？」

独り占めするのは悪いと思い、慌てて確認した。

「俺は味見程度でいいんだ。気に入ったなら全部食べていいよ」

彼が甘い笑顔を向ける。

これが本当の恋人なら、胸がキュンとするところだ。

私……杉本君に怒ってたはずなんだけどな。こんなに優しくされると調子が狂う。

「……ありがとう」

ボソッと呟き、シャーベットを口にするが、彼に何か話しかけようと思ってもうまく話題が出てこない。

普通、遊園地でする話題って何？　ああ～、なんか急に緊張してきた。

無言で食べ続ける私に、彼はにこやかに高校時代の話をする。それで心が軽くなって、彼と打ち解けて話ができるようになった。

「気分はどう？」

シャーベットを食べ終えると、彼が気遣わしげに聞いてくる。

「杉本君のおかげでよくなったよ。ありがとう」

笑顔で答えたら、彼はホッとした表情になった。

「よかった。次はどれがいい？　メリーゴーラウンドとかもあるけど」

杉本君が私のために、絶叫系以外のアトラクションを勧める。

その時、視界に大きな観覧車が映った。

あのてっぺんまで行ったら、どこまで見えるだろう。

「観覧車はどうかな？　かなり待つかもしれないけど」

景色も楽しめて、ゆっくりできそうだ。

私の提案に、彼は「うん、いいよ」と言って頷く。

「この観覧車、日本で一番高いらしいよ。一周十八分で、冷房もついているらしい」

杉本君が、遊園地のパンフレットを見ながら説明する。

観覧車の場所に行くと、一時間待ちだった。

普通ならその待ち時間を苦痛に思うはず。でも、私が退屈しないように彼がアメリカの遊園地での奇妙なエピソードを面白おかしく話してくれて、待っている時間も楽しかった。

気づけば私たちの乗る順番が回ってきたが、空模様が急に怪しくなってきて……。

「乗れたのはいいけど、雨が降りそうだね」

ゴンドラに乗り込むと、杉本君と向かい合うように座り、窓の外を眺める。

すると、乗ってすぐにポツリと雨が降ってきた。

「天気予報、雨なんて言ってなかったのに」

今日は傘を持ってきてないんだよね。

「雨雲が急に現れたみたいだけど、すぐにやむといいね」

杉本君はスマホを操作して、天気予報を見た。

「うん」

私は彼の言葉に、コクッと頷く。

でも、雨足が強くなり、遠くで雷も光って、視界はどんどん悪くなっていった。

「これはゲリラ豪雨だよね？」

ほんの数分で激変した天気に、顔が強張る。

もうすぐ観覧車のてっぺんなのに……。

周囲は真っ黒な雲に覆われ、ゴンドラの中も暗くなる。

「ちょっとヤバいかな」

杉本君が少しマズいといった顔でそう呟いた刹那、観覧車が急にガタンと音をたて、てっぺんで止まった。

「え？　なんで止まるの⁉　早く下に行きたいのに」

観覧車が急停止し、ひどく動揺しているところにアナウンスが流れる。

『ご利用のお客様にお知らせいたします。豪雨のため、観覧車の運転を一時停止いたします。安全を確認し次第、運転を再開いたします』

『安全を確認し次第』っていつよ？　十分後？　それとも、一時間後？

「雨がやむのを待つしかないみたいだね」

杉本君は、フーッと軽いため息をつく。

「そんなあ。雷だって鳴ってるのに！」

ほかのゴンドラのお客さんを見回してみたけど、みんな特に焦っている様子はない。

頭を抱えて縮こまる私の隣に座って、「ほんと、梨花は怖がりだなあ」と彼は私の身体を優しく抱き寄せた。

心臓がドキッと大きく音をたてる。

「す、す、杉本君～！」

彼の胸に手を当て、小声で抗議した。

だが次の瞬間、少し遠くで稲光りが見えて、思わず彼のシャツを握りしめる。

「落ち着いて。停電じゃないし、待っていればそのうち動くよ」

杉本君は私みたいに動揺していないが、その言葉を聞いても不安は収まらなかった。

「雷が落ちたら？」

今だってゴロゴロ鳴っているし、最悪の事態が頭をよぎる。

「落ちないよ」

彼は自信たっぷりに、間を置かずに答える。

「でも……観覧車のてっぺんにいるんだよ。私たち、一番危なくない？」

言ったそばからピカッと稲妻が走って、震え上がった私は杉本君の背中に腕を回して強く抱きついた。

「きゃあ！」

その恐怖は、お化け屋敷の比ではない。

「この観覧車より高いビルは周りに結構あるし、落ちるとしたらそっちだよ」

彼は周囲を見て、冷静に答える。

「そんな気休め言わないで！　もし……私が雷で死んだら……杉本君、おばあちゃんのことをお願いしてもいい？」

ひどく取り乱している私は、おばあちゃんのことを彼に託す。

「梨花が死んだら俺も死ぬと思うけど。でも、俺たちは死なないよ」

私を安心させようとしているのか、杉本君はしっかりした声で告げた。

「なんでそんなに落ち着いていられるの⁉　いつ雷が落ちても、おかしくない状況なのに！」

半狂乱の私は、声をあげる。

「俺が動揺してたら、梨花はもっと不安になるでしょう？　心配しなくていい。この豪雨は長くは続かないよ」

静かな声だったけど、彼はきっぱり断言した。

「……本当に？」

思わず顔を上げて、杉本君に確認する。

もう一度、彼の揺るぎのない言葉を聞いて安心したかった。

「本当だよ。俺を信じて」

杉本君は私の目を見て、ゆっくり頷く。

彼の言葉にはちゃんと心がこもっていて、私を落ち着かせようとするその思いが伝わってきた。

「大丈夫。無事に帰れるよ。俺が保証する」

杉本君が、私をギュッと抱きしめる。

何事も完璧な彼が自信を持ってそう言うなら、大丈夫なのかもしれない。

ううん、きっと大丈夫。ひとりじゃないもん。

「うん」と小さく返事をして、彼にそのまま身を預けた。

杉本君が一緒でよかった。彼といてこんなことを思うのは初めてだ。ひとりだったら、どんなに心細かっただろう。もっとパニックになっていたに違いない。

杉本君の腕の中でじっとしていたら、彼のドクン、ドクンという規則正しい鼓動が聞こえてきた。それに、彼の温もりも伝わってきて……。

杉本君に守られているみたい。

少し前までは、こんな風に抱きしめられたら、怖くてブルブル震えていたのに……。今はすごく安心する。ずっと、このままでいたいって思ってしまう。

どれくらいそうしていたのだろう。

私の心は、次第に落ち着きを取り戻していった。

それから杉本君は、私が余計なことを考えないように、自分の幼少期の話や新人研修の時の失敗談を話してくれた。

彼の声のトーンが、耳にとても心地いい。

観覧車が止まって三十分ほど経っただろうか。またアナウンスが流れた。

『ご利用のお客様にはご迷惑、ご心配をおかけして、誠に申し訳ございませんでした。

これから運転を再開いたします』

数十秒後に観覧車が動き始め、ホッとしたのか私の身体から力が抜ける。

あれほど激しかった雨は、もうやんでいた。

「言ったでしょう？　大丈夫だって」

そう私に笑いかける杉本君の笑顔は、すごく眩しかった。

彼を見て、心臓がトクンと大きく跳ねる。

杉本君がいつもの十倍はカッコよく見えるのは、どうしてなの？　この胸のドキドキは何？　普段の私なら、その笑顔にビクビクしている場面だよ。私……なんかおかしい。ずっと彼に怯えていたのに、今日は違う。怖い目に遭ったからかな？

彼をボーッと見ているうちに、ゴンドラの高度は下がっていき、乗り場に着いた。

「梨花、降りるよ」

杉本君は抱擁を解いて、私の手をつかむ。

無事に着いたんだ。もう安心。

彼に手をつかまれて、そう実感した。

「……うん」

杉本君の顔をじっと見つめながら、一緒にゴンドラを降りた。

「梨花、どうしたの？」

私の視線に気づいたのか、杉本君は私に目を向ける。

マズいと思って、慌てて目を逸らした。

「ううん、なんでもない」

うつむいて首を横に振るが、本当はまだ心臓がドッドッドッと早鐘を打っていて、どうにかなりそうだった。

何意識してるの？　やっぱり私……変だ。それに、もっとずっと杉本君にギュッとしてもらいたかった、って思ってる。

さっきの彼の温かい抱擁が、忘れられなかった。

気持ちを自覚する

「梨花、ちょっと社長に呼ばれたから、さっきの打ち合わせの内容で書類を修正しておいてくれる?」

杉本君が席を立ち、私の肩に手を置いて声をかける。

「……あっ、うん」

週明けの月曜日、オフィスでメールを読んでいるフリをしながら考え事をしていた私は、突然声をかけられてうまく返事ができなかった。

でも、彼は気にすることなくスタスタと歩き去る。

週末はずっと動揺しっぱなしだった私。いや、あのカフェで杉本君のトラブルに巻き込まれて以来、ずっとハラハラしていたのだけど、今度のは違う。

おばあちゃんのいる老人ホームに行った先週末から、杉本君がいるとすごく胸がドキドキする。彼をそっと盗み見る回数も増えた。

前みたいに怖いからっていうんじゃなくて、杉本君がすごくキラキラして見えるのだ。カッコいいのは昔から充分わかっている。だけど、彼のことが怖かったから、恋愛対象には決してならなかった。

接触するのもなるべく避けていたはずなのに、なんの因果か杉本君の家で同居まですることになって、彼の素顔が見えてきたからだろうか。

クールなイメージだったけど、杉本君は意外にお茶目なところもあり、よく笑う。

まあ、大抵私をからかって笑っているんだけど、その笑顔が素敵だってことに、ようやく気づいた。

杉本君のやることなすこと、なんでも裏があると思っていたけど、それは私の勝手な思い込みだったのかもしれない。私が変なフィルターをかけて彼を見ていたのだ。

社食での羞恥《しゅうち》プレイだと思っていた、あの『お口あ〜ん』も、食の進まない私を心配してのことだったし、階段から落ちた時だって私を助けてくれて、自分は怪我をしていたのに、私のことを気遣ってくれたっけ。それに、観覧車に乗った時は、私を励まして落ち着かせようとしてくれた。今思えば、杉本君はずっと優しかった。それはもう過保護なくらいに。

そして観覧車の一件が大きく影響しているのか、私を好きということ以外、杉本君の言葉を素直に受け入れられるようになった。

今は彼が私に近づくたびにドキッとして、顔の熱が一気に上がる。

お化けを見てハラハラするようなものじゃなくて……これは……胸キュンってやつじゃない？　ひょっとして……杉本君のことを好きになってる？

いや、イケメンすぎるから、アイドルに憧れるようにドキドキしているだけかもしれない。うん、きっとそうだ。週末からずっと考えていたけど、もう悩むのはよそう。彼にだって変に思われる。

「ちょっと梨花、資料を届けに来てみたら、何ボーッとしてんのよ！」

絵里ちゃんが、背後から私の頭を容赦なくペシッと叩く。

「痛い！」

不意を突かれた私は、そう叫んで頭を押さえた。

「もう、絵里ちゃん、いきなりなんなの？　ひどいよ」

恨めしげに絵里ちゃんを振り返ると、彼女は腕を組んで私を睨みつけている。

「幸せボケしてんじゃないわよ。この一週間で、杉本君とますます親しくなってない？　席だって、杉本君の隣になったって噂で聞いたわよ」

「幸せボケなんかしてないよ。席が隣になったのは、杉本君が怪我してるから、私が彼をフォローしやすいようにそうなっただけで……」

席替えについては、私が隣にいたほうが円滑に仕事が進むからって、今朝、杉本君が江口さんに頼んだのだ。

「それに、あんた先週末から寮に帰ってないわよね？　インターフォン押しても、全然応答ないんだけど。まさか杉本君の家で、同棲始めたんじゃないでしょうね？」

絵里ちゃんが周囲にいる社員のことを気にせず、尋問してくる。

周りの注目を浴び、いたたまれなくなった。

「え、絵里ちゃん、声が大きい」

人差し指を口に当て、シーッと声を潜めて注意する。

絵里ちゃんと私は同じ寮に住んでいて、週末はお互い暇だと外にランチを食べに行ったりする。だから、私の不在を不審に思ったのだろう。

「ど、同棲なんてしてないよ」

杉本君のお世話でお泊まりしてるだけで、寝室だって別だし。決して同棲なんかじゃない。でも……それを正直に言っても、信じてもらえないだろうなあ。

仁王立ちでギロッと睨んでくる絵里ちゃんに、激しくうろたえながら否定する。

そんな私の動揺が彼女にも伝わったのだろう。絵里ちゃんは、閻魔《えんま》大王も真っ青な怖い形相で問いただした。

「本当に？」

　絵里ちゃんに気圧され、ゴクリと唾を飲み込む。

　あまり深く追及しないで〜！　絵里ちゃんが大声を出すから、課のみんなが聞き耳立ててるよ〜！　同棲はしていないけど、住み込みで杉本君のお世話をしていることがバレたら、私の死亡フラグが立っちゃう！

「絵里ちゃん、私仕事がたまってて……」

　なんとか絵里ちゃんの追及から逃れようとするが、彼女は引いてくれない。

「さっきボーッとしていたのは誰？」

　絵里ちゃんのレーザービームのような鋭い視線が、私に突き刺さった。

「……私は、ただお世話してるだけだよ」

　とうとう観念して、周囲に聞こえないように小声で呟く。それはかなりはしょっているけど、嘘ではない。

　だが、私の答えに納得しなかった彼女は、私に顔を近づけ、すごい剣幕で迫った。

「その答え。意味わかんない。寝たの？　寝てないの？」

「絵里ちゃん、怖いよ。そりゃあ、寝るよ。睡眠くらい、誰だって取るでしょう？　寝なかったら体調崩すよ」

　怯えながらそう答えると、絵里ちゃんは「はあ？」と不良がガンをつけるような雰囲気で怖い声をあげた。

あれ？　私……何か変なこと言った？

「あんたね、人をおちょくるのもいい加減にしなさいよ。私が聞きたいのはねえ‼」

「篠原さん、梨花はこれでも真面目に答えてるんだよ。それに、今は仕事中。無駄話は、休み時間にしてほしいな」

突然、杉本君が現れ、やんわりと絵里ちゃんを注意する。

すると、さすがの彼女も彼には反論できなくて引き下がった。

「杉本君、社長に呼ばれたにしては戻るの早くない？」

私は不思議に思って、彼に声をかけた。

「ちょっと梨花に渡し忘れた物があって」

杉本君がスーツのポケットからマンションのカードキーを取り出し、私の手に握らせる。

「社長との打ち合わせ、長引くかもしれないから先に帰ってて」

杉本君は柔らかな微笑を浮かべると、この場を去っていく。

急にシーンと静まり返るオフィス内。

そして、唖然とする私。

杉本君……ここで爆弾投下して、いなくならないでよ～！　この場をどうすればいいの～⁉

「り～ん～か～！」

絵里ちゃんが私の両肩に手を置き、強く揺さぶる。

「絵里ちゃん、ちょっとやめてよ。頭がぐらぐらする」

私は椅子の上で揺れながら、彼女に抗議した。

「黙んなさい！　うらやましいヤツめ。私にも幸せを分けろ～！」

絵里ちゃんは恨みがましい目で私を見て、マジ切れする。

「篠原、うるさい！　用がないなら総務に戻れ！」

自席でずっと静観していた江口課長は我慢の限界だったのか、厳しい口調で絵里ちゃんを一喝《いっかつ》した。

「江口課長、そんな怖い顔しないでくださいよ」

絵里ちゃんは課長に怒られても反省した様子はなく、ニコニコ顔で彼の席に向かう。

どうやら、ターゲットが変わったらしい。

「今日こそ飲みに行きませんかあ？　私、江口課長のために、夜空けてあるんです」

絵里ちゃんが猫撫で声でお願いして、課長の腕に手を絡めようとする。

だが、彼はハエでも振り払うように、彼女の手を冷たくバシッと叩いた。

「今は業務時間中だ。それに、お前のような女に興味はない。そんなに男が欲しいなら、よそで探せ」

「そんなあ。江口課長、冷たくしないでくださいよ」

邪険にされた彼女は、拗ねた顔で課長のデスクに寄りかかる。

そのあとも絵里ちゃんはなかなか引き下がらず、見かねた詩織ちゃんが席を立ち、絵里ちゃんのそばに寄った。

「篠原さん、お帰りはあちらです。私たち、無駄話をする暇はありませんの」

詩織ちゃんが絵里ちゃんに向かって出入口を指差し、ニッコリ微笑む。

「……こ、この能面女！　また今度邪魔したら、許さないわよ！」

詩織ちゃんの有無を言わさぬ笑顔に怯んだ絵里ちゃんは、捨てゼリフを吐いてオフィスを出ていった。

詩織ちゃん、すごい。あの絵里ちゃんが素直に引くなんて……。さすが杉本君の妹。

「江口課長、今日の会議の議事録、さっきメールで送ったのですが、見ていただけませんか？」

詩織ちゃんが、課長に話しかける。

「……ああ、これか」

課長がパソコン画面に目を向け、すぐに議事録の漏れを指摘した。

「企画部の部長の発言が抜けているな」

「え？　そうですか？　すみません」

詩織ちゃんが大げさに驚いて、江口課長に謝る。そんな彼女の頬は紅潮していた。

もっと淡々と言いそうなのに、いつもの彼女らしくない。

まさか……詩織ちゃん、課長のことが好きなの？

「発言内容をメールしておくから、修正しておいて」

「わかりました」

詩織ちゃんは、江口課長の顔をじっと見つめて返事をする。

……やっぱり、あれは恋する乙女の顔だ。課長、モテモテですね。

「五十嵐さん、ちょっとミィーティングルームに来て」

詩織ちゃんとの話はもう終わりと言わんばかりに、江口課長が私を呼んで席を立つ。

「はい」

一体、なんだろう……？

私が返事をすると、詩織ちゃんはもっと課長と話をしたかったのか、シュンとした表情で自席に戻った。

課長とともに隣にあるミィーティングルームに移動すると、彼は手前の椅子を私に勧め、自分もその前の席に座って話を切り出した。

「杉本と組んで、何か困ったこととかないか？」

江口課長がメガネ越しに私を見る。

これって……さっきの杉本君の発言を気にしているのかな？

「あの……最初はどうなることかと思ったんですけど、大丈夫です」

いつも杉本君に何かされるんじゃないかとドキドキしっぱなしだけど、あのキス以外で彼が積極的に私に手を出したことはない。キッチンに立っている時、後ろから『何作ってるの？』ってギュッと抱きしめられることはあるけど、あとは手を繋いだりする程度。

拍子抜けっていうか……安心していいはずなのに、がっかりしている自分がいる。

私……心のどこかでまたキスしてほしいって願っているのかな？

杉本君が顔を近づけるたびに、胸がトクンと高鳴る。

キスされるんじゃないかって身がまえて……結局されなくて……。杉本君ってやっぱり私を好きなんじゃなくて、私が困るのを楽しんでるだけなんだって思った。

「……五十嵐さん、五十嵐さん？」

江口課長の声で我に返る。いつの間にか、ボーッとしてしまっていたらしい。

「はい！」

慌てて返事をして、課長の顔を見た。

「本当に大丈夫か？」

「はい。杉本君と一緒だと、すごく勉強になりますから」

私の言葉を受けて、訝しげな顔をする江口課長。

あれ？　何かまたマズかった？

「何かあれば遠慮なく相談しなさい。俺から杉本に言うから」

無表情でメガネのブリッジを上げ、抑揚のない声でそう告げる。

この会社で杉本君に何か注意できるなんて、社長と江口課長くらいだろうな。うちの部長なんて、いつも杉本君の顔色を窺ってるし。

「お気遣いありがとうございます」

私は課長に向かって、明るく微笑んだ。

素っ気ない感じだけど、彼なりに私のことを心配してくれているんだと思う。その気持ちだけでも嬉しい。

「それと社内には明日通達が出るが、秘書課の佐藤が来月からイギリス勤務になった」

江口課長が私の顔をじっと見ながら、淡々と告げる。

「……そうなんですね」

佐藤さんの名前を聞くと、どうしても階段での出来事を思い出して、今でも身がまえてしまう。

彼女はあの事件のあと、すぐに自宅に帰ってそのままずっと欠勤しているらしい。表向きは病欠扱いになっているけど、裏で杉本君とかがいろいろ動いているのだろう。

あの事件のことは、ごく一部の人間しか知らない。

「お前は、その決定に納得できるか？」

課長は、どこか心配そうに私の表情を窺う。

「佐藤さんは栄転ということになりますが、私は処分がくだされるよりいいと思います。彼女が処分されても、あまりいい気がしませんから」

顔を強張らせながらも、努めて平静を装い、自分の意見を口にした。

佐藤さんが海外勤務と聞いてホッとしている。遠くに行ってくれれば、顔を合わせることはない。杉本君は私に何も心配いらないって言っていたし、もう安心だと思う。

彼女の件は、これで終わったのだ。

江口課長に一礼すると、私は自席に戻った。


それから仕事を終え、スーパーに寄ってから杉本君のマンションに向かう。彼にはひとりで帰る時もタクシーを使うように言われたけど、今日は電車に乗った。

今の生活に慣れすぎてはいけない。毎日タクシーで帰るほど、私は裕福ではないのだ。この生活は一時的なものだし、私がいる世界は彼とは別の世界なのだから。

杉本君の家に着いて、キッチンでひとり夕食の準備をしていると、彼が帰ってきていつものように背後から私を抱きしめた。

身体がドキッと反応してしまう。

「ただいま。今日は何作ってんの？」

「す、杉本君！　ビックリさせないでくださいよ」

包丁を握っていた私は、ギョッとしながら彼を注意する。

「ごめんね。最近、癖になっちゃって。で、今日のメニューは何？」

杉本君は、まるで新妻にするように私の顔に頬を寄せた。

ち、近いよ、杉本君〜！

心臓がバクバク音をたてる。

動揺しているのを悟られないように、私はわざとツンケンした態度で答えた。

「イワシのつみれ汁とネギトロ丼です」

「……梨花ってさ、いいお嫁さんになるだろうね」

杉本君がフフッと頬を緩めて呟く。

「なんですか、急に？」

彼の唐突な言葉に、私は小首を傾げた。

「もし、梨花にお父さんがいたら……ほかにも家族がいたら、花嫁姿を見せてあげたいって思う？」

杉本君は、私にお父さんがいないのを気にしてくれているのかな？

「万が一、奇跡が起きて結婚できたら、見せたいって思うかも。でも、私には父はいませんよ」

昔は『いつかお父さんが現れるかも』って思っていたけど、もう大人になってそんな期待は抱かなくなった。叶わぬ夢だから……。

「仮定の話。でも、やっぱり女の子にとってウェディングドレスって憧れだから、そりゃあ、家族に見せたいよね」

杉本君はひとり納得顔で、うん、うん、と頷くと、私から離れる。

なんでこんなことを聞くのかな？

「変な杉本君」

そう呟き、平静を装いながら再び夕食の準備に取りかかる。でも、ねぎを刻んでいたら彼のことを考えてボーッとしてしまい、誤って包丁で指を切ってしまった。

「痛い！」

思わず声をあげると、「梨花！」と慌てた様子で杉本君が横に来る。

血がじわじわと滲む指を呆然と眺めていたら、彼が私の怪我した左手をつかみ、流しの水で指を洗った。

「少し染みるけど、我慢して」

優しく声をかけ、流水で指についた血を落とし、杉本君はズボンのポケットからハンカチを取り出す。

「傷は深くないみたいだ。よかった」

彼は傷口を確認すると、少しホッとした顔で今度は私の指をハンカチで止血した。

その様子をずっと呆気に取られて見ていた私。目が合い、また胸がキュッと締めつけられる。

「絆創膏《ばんそうこう》を取ってくるから待ってて」

穏やかな微笑を浮かべる杉本君に、ただ小さく頷く。
言葉が何も出てこなかった。
彼の姿が見えなくなると、自分の胸にそっと手を当てる。
まだ心臓がドキドキしている。今、自覚した。
私……やっぱり杉本君のことが好きだ。

それぞれの妹［学SIDE］

「皆さんの健康とプロジェクトの成功を祈念して、乾杯！」

江口さんがビールジョッキを掲げ、乾杯の挨拶をする。

課のみんなも彼のあとに続き、「乾杯！」と元気よく声をあげると、ビールジョッキを口に運んだ。

今日はうちの課で、毎年恒例の暑気払いの会。

定時後、会社近くの焼肉屋に集まり、まずはビールで乾杯する。

俺が右手を怪我してから、早いもので約三週間が過ぎた。

最近は箸も左手で扱えるようになり、食事をするには困らない。怪我の状態はだいぶよくなってきていると思う。

痛みもなくなってきたし、週末病院に行って問題なければ、この指の仰々《ぎょうぎょう》しいテーピングともおさらばできるだろう。

俺の世話をするために同居した梨花のほうは、少しずつではあるが打ち解けてきた。

家に帰ると仕事以外の話もするようになったし、家で一緒に過ごしている時の俺たちの距離も縮まってきている。

うちに来たばかりの頃は、テレビを観る時、俺とは一メートルは離れていたのに、今では俺の隣が指定席のようになっている。

それに、観覧車に乗った日から、梨花は俺をかなり意識するようになった。俺のことをちょくちょく見ているし、俺が顔を近づけると、決まって頬を赤く染める。同居する前は、俺と一緒にいるだけで怯えていたのにな。

そんな彼女は今、みんなの御用聞きで座敷内を動き回っている。それは新人の仕事じゃないか……と言いたくなるが、彼女の性分なのだから仕方がない。

「私、こういう雰囲気初めてですわ。焼肉は臭いが気になりますけど、みんな楽しそうでいいかもしれませんね」

どこにいても上から目線の妹は、俺の右隣でビールをゴクッと飲む。

一見、『お酒なんて全く飲めません』という顔をしているのに、こいつは実は大酒飲みだ。いくら飲んでも平然としている。

「こら新人、何のんびり酒を飲んでる？　お前も梨花を手伝ってこいよ」

課で一番の新入りのくせに、一番偉そうに振る舞うな。

俺は、妹に冷ややかな視線を向けた。

「お兄様、人には向き不向きがありますのよ。私が手伝っては、かえって迷惑になりますわ」

自分のことをよくわかっている。

だが、このままではお前をもらってくれる男なんて現れないぞ。

「江口さんは、世話好きな女の子がタイプだと前に言ってたが」

俺は妹に向かって手で口を隠し、声を潜める。

高飛車な妹は、彼の前だと急に大人しくなる。好きなのがバレバレだ。

「それ、本当ですの？」

悠長にビールを飲んでいた妹が、目の色を変えて俺に聞き返す。

普段ならこの程度の嘘はすぐに見破るのに、『恋は盲目』とはよく言ったものだ。

「こんなところで江口さんと話す機会を窺うくらいなら、梨花を手伝ったほうがポイント高いと思うよ」

笑顔を作り、優しい兄を演じる俺。

「私、手伝ってきます」

ビールジョッキをテーブルに置くと、妹は立ち上がって梨花のもとに行く。

「梨花さ～ん。それ、私が運びますわ」

妹が半ば強引に、梨花の手からグラスの載ったお盆を奪う。

「詩織ちゃん、大丈夫？」

梨花が心配そうに、妹のあとをついてきた。

「任せてください。このくらい私にも……きゃあ‼」

自分の足につまずいたのか、妹は持っていたお盆をガシャンと落とした。

「わ～、詩織ちゃん、大丈夫？　すみませ～ん、布巾《ふきん》を貸してくださ～い」

横にいた梨花が、店員に声をかける。

「……やっぱりこうなるか」

あたふたしている妹を眺め、手を額に当てながら苦笑する。

「お前、結構ひどくないか？」

上座にいた江口さんが、席を移動して俺の隣に腰を下ろした。

多分、さっきの俺と妹のやり取りを見ていたのだろう。

「杉本、誰が世話好きな女がタイプだって？」

彼が横目で俺をギロリと睨みながら、チクチク言う。

「地獄耳ですね」

俺は悪びれた様子も見せず、クスリと笑った。

「適当なことを言って、お前の妹を俺にけしかけるなよ」

彼は迷惑そうに、眉間にシワを寄せた。

「梨花は俺が引き受けますから、江口さんには詩織をお願いしようかと思いまして」

俺が含みのある言い方をすると、彼は急に真剣な顔になり、俺をじっと見据えた。

「意味がわからない」

真顔でとぼける彼に、俺はあえて『妹』というワードを口にする。

「わかりませんか？　お互い妹を交換して、面倒見ませんかって言ってるんですよ」

俺の言葉に、肉をつついていた彼の手が止まった。

「ずいぶんと自信ありげだな。調べたのか？」

「まあ、少し。否定しないってことは、梨花の兄って認めるんですね？」

俺の問いに、江口さんは数秒沈黙。

だが、箸を置いてビールをゴクゴクッと飲むと、彼は梨花のほうに目をやりながらポツリと呟いた。

「五十嵐……梨花本人は知らないがな」

梨花を見る江口さんの目がどこか寂しそうで、余計なことかと思ったが、あえて言った。

「自分は腹違いの兄だって、梨花に名乗ったらどうです？」

端で見ているこっちがもどかしい。

「名乗っても、彼女が戸惑《とまど》うだけだろ」

仏頂面で答える彼。

「陰で見守っているくらいなら、言えばいいじゃないですか。俺が梨花と一緒にいると、江口さん、結構怖い顔してますよ」

反応を見ながら、彼をからかう。

「それは、お前が俺の前で梨花に家の鍵を渡したりして、俺を挑発するからだろうが」

彼は俺を睨みつけ、ムッとした口調で言った。

「それはすみません。どれだけシスコンなのか確認したくて」

「お前、悪趣味すぎるぞ」

彼は呆れ顔で、俺を見る。

「そのポーカーフェイスを崩したかったんですよ。ところで、江口さんの父親はどうして梨花を認知しないんですか？」

自分の社会的地位も大事だろうが、親の都合で子供を私生児にするなんて許せない。

「俺が小さい頃、親父が浮気をした。といっても、俺が生まれてすぐに両親は別居していて、夫婦生活は破綻《はたん》していたんだがな。ただの浮気ならお袋も親父を許したかもしれないが、親父が本気なのを知って面白くなかったんだろう」

淡々と言って、彼は言葉を切る。

「江口さんの母親が原因なんですね？」

俺がそう確認すると、彼は静かに頷いた。

「素直に離婚すればよかったのに、相手の女と親父が再婚するのが嫌で、お袋はずっと離婚しなかった。おまけに、親父が梨花を認知するのも認めなかった。……かわいそうな人なんだ」

彼はどこか悲しげな顔で語る。

ここまで来ると、女の意地だな。彼の母親は、夫も梨花の母親も、そして梨花のことも許せなかったのだろう。認知させなかったのは、妻としてのプライドだったのではないだろうか。

だが、なんの罪もない梨花がずっと苦しんできたことを思うと、心穏やかではいられなかった。

「……だから梨花は、私生児なのか」

胸に苦い思いが広がるのを感じながら、小さく呟いた。

そのせいで、彼女は中学の頃、いじめに遭ったとおばあさんが言っていたな。

「うちは経済的には裕福でも、家の中は破綻していて、昔は相手の家族を恨んだよ。親父は、俺に隠れて梨花を見に行ったりしてたしな。高校の時だったか、親父をつけて梨花のおばあさんの家に行ったんだ」

ビールジョッキをじっと見つめ、彼は淡々と告げた。

「文句でも言ってやろうと？」

彼の心情を読みながら先を促す。

「最初はそのつもりだったが、できなかった。彼女の母親が、もうとっくに亡くなってたなんて知らなかった。梨花がおばあさんを手伝って庭でトマトを採ってて……普通の子なんだって思ったよ。彼女を憎んでも意味がない、ってその時わかった。そのあとも気になって、ずっと遠くで見守っていた」

そう話す江口さんの表情は、梨花のことを思ってか柔らかい。

まあ、自分が彼の立場なら、彼女の存在をよくは思わないだろう。だが、梨花を見て……彼女の置かれた環境を知って陰で支えたくなったんだろうな。

梨花が杉本商事に現れた時は、かなり驚いたに違いない。

「江口さんの父親は、江口さんが梨花のことを知っているのをご存知なんですか？」

「まあ、感づいているだろうな。梨花が俺の部下というのも知っているはずだ。最近、仕事の打ち合わせで、杉本商事によく来ているみたいだし」

そういえば……親父がうちのコンサルティングを江口弁護士にお願いしたいと話していたたっけ。

「梨花のおばあさんは、江口さんの父親が梨花の父親だということを知っているんでしょうか？」

俺は気になっていたことについて、もっと探りを入れる。

「ああ。親父は経済的援助をしていたし、おばあさんにはたまに会っていた。足の悪いおばあさんに、老人ホームへの入居を勧めたのも親父だ」

やはり梨花のおばあさんは、江口さんの父親と面識があったわけだ。

まあ、あんな高級老人ホーム、資産家でなければ入居できないだろう。

「そういえば三週間ほど前に、梨花のおばあさんの老人ホームで江口さんを見かけましたが……」

「……お前も来ていたのか？」

彼が少し驚いた様子で俺を見る。

「ええ。梨花と一緒に」

「そうか。おばあさんとは血が繋がっていないが、梨花の祖母だから気になって、月に二回ほど会いに行く。偶然を装って親しくなったんだが、すぐに親父の名前で入館していたのがおばあさんにバレてな。俺が梨花の腹違いの兄だと知っても、喜んで会ってくれて……そのたびに、梨花のことを俺に頼むんだ」

江口さんは、少し切なそうな顔で話す。

おばあさんは俺にも話したように、『自分はもう長くはない』とか言って、彼に梨花のことを頼んでいるのだろう。

「そうなんですね」

俺は静かに相槌を打った。

「それにしても、老人ホームにまで足を運ぶなんて、梨花のこと本気なんだな」

彼は『意外だ』と言わんばかりの顔で、まじまじと俺を見る。彼女をからかっているだけだと思っていたのだろう。

「俺なりに大切にしてるんですよ」

少しムッとしながらも、自分の真剣な想いを江口さんに伝えた。

「学ちゃ～ん。食べてますかあ？」

頬を真っ赤にした梨花が、よろよろしながら俺のもとへやってくる。

『学ちゃん』？　どこかで飲まされたな。

「梨花、危ないよ」

そう注意するが、彼女は近くの座布団につまずき、俺のところにダイブする。

「ギャッ！」

慌てて梨花を抱き止めると、彼女はキャハハと声をあげて笑った。

「テへ。コケちゃいました〜」

舌を出しながら笑う彼女。

「梨花、誰かに飲まされたね？」

苦笑いしながら梨花に確認するが、彼女は俺の質問を無視して、江口さんに話しかける。

「江口課長も、しっかり食べてますかあ？」

「ああ。食べてるよ」

彼は酔った梨花の頭をポンポンと叩きながら、適当にあしらった。

「江口さんって、やっぱりお父様に似てますねえ。今日、屋上で詩織ちゃんとランチをしていたら社長と江口弁護士が現れて、私が作ってきたおにぎりをみんなで一緒に食べたんですよ〜」

梨花の思わぬ暴露話に、俺と彼はギョッとして顔を見合わせた。

「江口弁護士も『美味しい』って言ってくれて、嬉しかったです〜」

梨花は、その江口弁護士が自分の父親とは知らずに、エヘヘッと無邪気な顔で笑っている。

「……ついに覚悟を決めたのか」

江口さんが意味深な言葉を呟く。

「それって、どういう意味です？」

気になって尋ねれば、彼は微かに笑った。

「近いうちに、俺の両親の離婚が成立するんだ。そうなれば、親父はようやく自分が父親だと名乗れる」

「……なるほど。俺の親父も一緒だったってことは、親父が江口弁護士をそそのかして、梨花のところに連れていったんでしょうね。俺が梨花にアプローチしているものだから、親父も彼女のことをすごく気にかけているんですよ」

親父には梨花の父親の話をしていたし、気を利かせて動いたんだろうな。

「ふたりで何、コソコソ話してるんですか？　梨花も交ぜてくださ〜い！」

彼女が俺の腕からすり抜けて、江口さんと俺の間に無理やり割って入る。

「ねえねえ、課長聞いてください。学ちゃんは、ひどいんですよ～。みんなの前では恋人のように振る舞ってくるくせに、家に帰ると、ハグはしてもキスはしてくれないんですよ～。キスするって思わせといて、『おやすみ』って言って、自分の寝室にスタスタ行っちゃうんです。私って女として、そんなに魅力がないんでしょうか？　ぐずっ」


梨花が泣きながら、江口さんに恋愛相談をする。

俺のことが好きなのかも……とは思っていたが、やっぱりそうだったのか。

嬉しくて顔がにやけそうになるが、ひとつ不満が……。

本人がすぐ隣にいるのに、なんで彼に聞く？

俺は唖然としながら、彼女の様子を見ていた。

江口さんはズボンのポケットからハンカチを取り出すと、優しく梨花の涙を拭いながら俺に確認する。

「お前、まだ手を出していないのか？」

「嬉しそうな顔して言わないでください。俺なりに大切にしてる、って言いましたよね？　これで信じてもらえました？」

俺は仏頂面で言った。

「ああ、意外だったが」

梨花の告白もあって、江口さんはようやく俺の本気を理解したらしい。

「でも、これで梨花と両想いだと判明したので、これからは遠慮せずに口説き落とします」

俺は江口さんに向かって強気でそう宣言すると、彼にもたれかかっている梨花の顔を覗き込んだ。

微かに寝息が聞こえる。

「……ここで寝るか？」

俺は半ば呆れた口調で呟いた。

やっぱり、梨花にお酒を飲ませるのは危険だ。いくら兄とはいえ、好きな女がほかの男にもたれかかって眠るのは面白くない。

「笑ったり、泣いたり、寝たり……忙しいヤツだな」

普段見ないような優しい顔で、江口さんが梨花の肩をそっと撫でる。

「こうなるとあとが大変なので、連れて帰ります」

俺は立ち上がると、江口さんから梨花を引きはがして抱き上げた。

「気をつけて帰れよ」

彼は説教染みたことは言わずに、軽く手を振る。

「はい。申し訳ないのですが、うちの妹のことをお願いします」

ニコリと笑って、ここぞとばかりに詩織を託す。

「調子がよすぎるぞ」

俺をギロッと見据える彼の文句も、俺は軽く受け流した。

「でも、江口さんは面倒見がいいですからね。任せて安心ですよ」

逃げるが勝ち。

彼は責任を持って、俺の妹を送り届けるだろう。

俺だってそれなりに、世間知らずの妹のことを心配しているのだ。

フッと笑うと、俺は店の人にタクシーを呼んでもらい、梨花をタクシーに乗せて自宅マンションに向かう。

スマホを取り出して仕事関係のメールをチェックしていたら、電話がかかってきた。

「はい、杉本です」

スマホを指で操作して応対すると、相手は桜井さんだった。

『桜井ですが、今週木曜の夜、空けておいてもらえませんか？　五十嵐さんにも空けておいてほしいんですが』

俺だけならまだしも、梨花も一緒というのは珍しい。

「何かあるんですか？」

『簡単に言えば食事会ですね。社長に頼まれまして』

桜井さんはにこやかに告げるが、どこか意味ありげな口調だった。

ふーん、食事会ねえ。親父のヤツ、何か画策《かくさく》しているな。

「わかりました。予定しておきます。桜井さんも、親父についていくのは大変でしょう？」

『そうですね。ですから品行方正で有能な学さんが、早く社長になられるのを心待ちにしているんですよ』

電話の向こうで、桜井さんがクスリと笑う。

「俺もその日を楽しみにしてますよ。では」

スマホに向かって微笑んで、通話を切る。

『品行方正』……ねえ。桜井さんがあえてそこを強調してくるということは、親父のやつ、相当好き勝手やってるんだろうな。

それにしても、親父は何を企んでいるのだろう。

今日は江口さんの父親を梨花に会わせたいらしいし、江口さん絡みか。

もし、彼の父親が動くなら……。

「梨花の家族、増えるといいな」

スマホをポケットにしまうと、俺の膝の上で眠っている彼女の頭を優しく撫でた。

家族が増える

「う……ん」

寝返りを打つと何か温かい物体にぶつかり、私はそれまで見ていた夢から覚めて目を開けた。

「う……そ」

思わずそう呟いて、慌てて口を押さえた。

目の前には、眠れる超絶美形王子……杉本君の顔。

えっ、どういうこと⁉　な、なんでまた彼と一緒に寝てるわけ⁉　まだ夢でも見ているの？

動揺せずにはいられない。パニックになりながら、杉本君の顔を凝視する。

焼肉屋にいたはずなのに、どうしてこうなっちゃったの～⁉　これって……ミモザを飲んだ夜と同じ展開じゃない‼

そういえば同じ課の男の子に、『ビール飲んでくださいよ』って勧められて、その場のノリに逆らえずに一気飲みするハメになったんだよね。あれで酔って寝ちゃったんだろうか。それで、杉本君に運ばれた？

自分の姿を確認すると、また彼の物らしき黒いTシャツを身にまとっていた。

着替えた覚えはないから、きっとまた杉本君が着せてくれたに違いない。

そう考えたら、カアーッと顔の熱が上がる。

でも、寝ているところを襲われた様子はない。彼もパジャマを身につけているし……。そもそも襲う気なんてないのかも。一緒のベッドに寝て何もないなんて……彼からしたら、私なんてお子様なんだろうな。

杉本君が私にかまうのは、きっと男性経験のない私の反応が面白いからだろう。

胸がチクッと痛んで、気分が落ち込む。

今何時かな？

気を取り直して辺りを見回し、時計を探せば五時十五分。起きるのにはまだ早い。

今までの私なら、杉本君の腕から慌てて抜け出したかもしれないけど、今の私は違う。好きな人のそばにいたい。

杉本君はぐっすり眠っているし、私が彼にギュッと抱きついても気づかないだろう。

こんな機会、もうないかもしれない。

ええい、抱きついちゃえ！

仰向けに寝ている杉本君の胸に手を当てて、彼ともっと密着する。

トクン、トクンと規則正しく聞こえる彼の鼓動。

『きゃあ〜』と、ひとり興奮しながらも聞いていると、なんだか安心する。すると突然、彼が私の身体を抱き寄せ、私は一瞬固まった。

ひょっとして杉本君、起きてる？　私が抱きついたの、バレちゃった？

チラリと彼に目を向ければ、瞼《まぶた》は閉じたまま。

無意識でやってるんだろうな。

ホッとしながらも、彼に抱きしめられて嬉しくなる自分がいる。

「学……」

愛おしげに、杉本君の下の名前を口にしてみる。寝ている本人には気づかれない。杉本君を好きなことも、彼を下の名前で呼んだことも……私だけの秘密だ。

このままもう少し……。それくらい望んでも、バチは当たらないよね？

杉本君の胸に頬を寄せ、ゆっくりと目を閉じる。

彼の心音が子守歌代わりになったのか、しばらくすると私はそのまま優しい眠りに誘われた。

それから、三日後の木曜日の定時後、なぜか私は杉本君と江口課長と一緒に、京《きょう》橋《ばし》にある料亭にいた。

創業明治十四年という歴史あるその店は、数寄屋《すきや》造りで落ち着いた雰囲気。庭園には竹林が生《お》い茂り、どこか幻想的で都会の喧騒を忘れそうだ。

いかにも政治家や社長とか、上流階級の人たちが会食しそうな場所で、私のような庶民の来る場所ではないなあ……と、ここに入るだけでも気が引けてしまう。

店の人に奥にある十畳くらいの和室に通され、私たちは入口手前の席に江口課長、私、杉本君の順で座っている。

料亭なんて、プライベートでも仕事でも来るのは初めて。慣れない場所だから、余計落ち着かない。

江口課長や杉本君はどっちもお坊ちゃんだから、こういう場所に慣れているんだろうな。

「あの～、今日のメンバーって誰なんですか？　前にふた席ありますけど……。皆さん、秘書の桜井さんに呼ばれたんですよね？」

「ああ」

スマホを見ていた江口課長が、私の顔を見ずに返事をする。その表情は眉間にシワが寄っていて、かなり機嫌が悪そうだ。

課長の機嫌をどう取っていいかわからず、私は杉本君に目を向ける。

「杉本君は、ほかに誰が出席するか知っているの？」

そもそも彼から言われたんだよね。『桜井さんに、今夜空けておくように言われた』って。

「さあ、誰だろうね」

杉本君は微笑しながら、いつもの調子で答える。

この笑顔……怪しい。だてに一緒に住んでないですよ。

「ここの料理、見た目も綺麗だし、梨花も楽しめると思うよ」

杉本君がにこやかに言うが、今日のランチのあとぐらいから、すでに緊張している私にはそんな余裕はない。

「……なんか、私は場違いな気がするんですけど」

私は居心地の悪さを感じて、苦笑した。

「多分、梨花がいないと始まらないから、逃げないでね」

杉本君のどこか謎めいた発言に、私は首を傾げる。

なんで私も呼ばれたんだろう？

江口課長と杉本君の組み合わせなら、珍しくはない。でも、そこに普通のＯＬの私が加わるって……なんか変だよね。今やっているプロジェクトの関係なら、このふたりがいれば充分だし。

「う〜ん」とひとり首をひねっていたら、入口の襖《ふすま》が開いた。

入ってきたのは、なんと杉本君のお父様である社長と……その後ろには、江口課長のお父様！

ええ〜？　江口弁護士も呼ばれたってこと？

ますます、自分がここにいる理由がわからない。

驚きで目を丸くしていたら、社長が杉本君の前の席に座り、軽く頭を下げた。

「やあ、待たせてしまったかな。すまないね」

社長と目が合い、「いいえ」と首を横に振る。私が彼に気を取られている間に、江口弁護士が私の対面に座り、穏やかに微笑んで言う。

「みんな揃っていてよかった」

「こんばんは。先日はありがとうございました」

このメンバーが集まったのを不思議に思いながらも、江口弁護士に目を向け、挨拶した。

「いやいや、お礼を言うのは私のほうだ。この前のおにぎりと漬け物は、とても美味しかったよ」

江口弁護士は、私の顔を見て穏やかな表情で言う。

うちの社長もカッコいいと思うけど、彼もやはり課長と顔が似ていて渋い。面長の顔でチタンフレームのメガネをかけていて、〝知的なおじ様〟って感じだ。課長と同じようにクールなんだけど、笑うととても素敵な笑顔になる。

「今日はみんなに鱧《はも》料理を楽しんでもらおうと思って、一席設けたんだよ」

社長が私に向かって、優しく微笑んだ。

なんだろう。上座のふたりが、すごく私のことを気遣ってくださるように感じるのだけど……。

料理はすでに手配済みだったのか、すぐに先付《さきづけ》の鱧湯引き梅肉《ばいにく》添えと食前酒が運ばれてきた。

「あっ、梨花はウーロン茶のほうがいいね」

杉本君が私の前に置かれた食前酒を下げ、店の人にウーロン茶を頼む。

そんな彼に、私の左隣にいた江口課長がすかさずツッコんだ。

「お前、過保護すぎやしないか？」

「また寝られたら困るでしょう?」

杉本君の主張に、課長は一瞬沈黙して、結果的に杉本君に同意する。

「……それもそうか」

今の江口課長の沈黙は何?　私……この前の焼肉屋で何かやらかした?

両隣にいるふたりを交互に見ながら、私は目を白黒させる。

「梨花ちゃんはお酒が飲めないんだね。残念だな」

店の人がウーロン茶を持ってくると、江口弁護士がにこやかにそう言って、私のグラスに注いでくれた。

この前おにぎりを一緒に食べた時からそうだったけど、江口弁護士は杉本商事の一社員である私のことを、うちの社長と同じように『梨花ちゃん』と呼んでくれる。

「あっ、すみません」

私はグラスを手に取り、ペコッと頭を下げた。

「ここは会社じゃないし、そんなにかしこまらなくてもいいよ」

私を気遣って、江口弁護士が優しい言葉をかけてくれる。

それからみんなで雑談しながら、鱧料理に舌鼓《したつづみ》を打った。

「杉本君、大丈夫そう?」

うまく食べられるか心配で、彼に身を寄せて声を潜める。店の人がフォークを用意してくれたけど、気になってしまう。

「うん。フォークで刺して食べられる物ばかりだから、大丈夫だよ。ありがと」

杉本君の王子スマイルに、つい胸がキュンとなる私。

いけない‼　ここで彼にときめいている場合じゃない。

自分を叱咤《しった》し、改めて美味しい料理に集中した。

鱧なんて高級食材を食べるのは初めてだったけど、とても淡白でさっぱりしていて、夏に食べるにはピッタリ。

鯛《たい》めしと赤だしをいただいたあと、急に社長が真剣な面持ちで切り出した。

「私がこの場を設けたのは、本当は、ある家族がひとつになる瞬間を見たかったからなんだ。さあ、江口さん」

社長が江口弁護士の肩にポンと手を置くと、江口弁護士は社長に礼を言い、私をじっと見据えた。

「梨花ちゃん、突然こんなことを言われて戸惑うかもしれない。だが、どうしても自分の責任を果たしたくてね」

江口弁護士が申し訳なさそうな顔をして、言葉を切る。

一体なんのことだろう？

キョトンとしながら彼の言葉を待つ。すると、彼は緊張した面持ちで言葉を紡《つむ》いだ。

「梨花ちゃん、実は君は私の娘なんだ。そして、君の隣にいる私の息子は、君の腹違いの兄だ」

江口弁護士の発言に、私は雷に打たれたかのように強い衝撃を受けた。

「ええ〜⁉」

ここが料亭ということも忘れ、思わず叫ぶ。

目の前にいる江口課長のお父様が私のお父さんで、隣の課長が私の腹違いのお兄さん〜⁉

何も考えられず、頭の中は真っ白。

私が放心している間に江口弁護士が私のそばにやってきて、頭を深く下げた。

「驚くのも無理はない。私の都合で、君には今まで寂しい思いをさせてすまなかった」

夢でも見ているのだろうか？　本当に……彼がお父さんなの？

驚きと戸惑いで、言葉が何も出てこない。

もういないものだと諦めていた父が、目の前にいる。

でも……素直に喜べない。

お母さんは、未婚の母だった。

課長が私の腹違いの兄ということは、江口弁護士にはすでに家族がいてお母さんは愛人だったってこと？

「……ど、どうして母と恋愛関係に？」

困惑しながら、江口弁護士に疑問をぶつける。

すると彼は頭を上げ、私をじっと見た。

「君のお母さんのことは、本気で愛していた。昔、君のお母さんは私の事務所で働いていたんだ。一緒に仕事をしているうちに、互いに惹かれ合って……。だが、私には妻がいた。すでに別居していて夫婦関係は完全に破綻していたんだが、子供ができたことを知った君のお母さんは、何も告げずに突然私の前から姿を消した」

江口弁護士の話で、母の事情が少しわかった。

やっぱりお母さんは、彼に奥さんがいたから身を引いて、ひとりで私を生んだんだ。

その時、どんな気持ちだったんだろう。

江口弁護士は沈痛な面持ちで、話を続ける。

「あとから娘がいると知って君のお母さんを探したが、もう亡くなっていた。君には会わせる顔がなくて、陰ながら見守っていたんだ。認知もしたかったが、妻にひどく反対されてね。本当に……本当にすまなかった」

声を詰まらせ、もう一度頭を下げる江口弁護士。

「君にも、君のお母さんにも、そして妻にも悪いことをした。すべて私が悪いんだ」

江口弁護士はひたすら自分を責めて謝るが、彼だけが悪いわけじゃないと、ふと思った。

同じ職場で働いていたなら、お母さんは当然、彼を既婚者だと知っていたはずだ。それでも、この人のことが好きだったのだろう。幸せになれないとわかっていても、自分の気持ちを止められなかったのかもしれない。

人を好きになるって、理屈じゃないのかも……。杉本君を好きになって、今はお母さんの気持ちがちょっとわかる。

道ならぬ恋の末に生まれた私。

彼の奥さんにとってみれば、お母さんと私はさぞかし邪魔な存在だったのだろう。私がいるだけで、彼の奥さんをずっと苦しめていたかと思うと胸が痛かった。

黙り込む私の肩に、横にいた杉本君がポンと手を置く。

「江口弁護士はね、梨花の家にずっと金銭的な援助をしていたようだよ」

「金銭的な援助……」

杉本君の言葉に驚き、江口弁護士にスッと目を向けた。

言われてみれば、思い当たる節がいくつもある。

よくよく考えれば、おばあちゃんは年金暮らしだった。

高校・大学は奨学金で行ったけど、それでも日々の生活にお金はかかったはずだ。

それに、おばあちゃんのいる老人ホームだって、前に住んでいた古い家を売って入居したことになっているけど、今思うと、あの高級な施設に入れるほど高く売れたとは思えない。うちは資産家でもないし、お母さんの保険金だってたかが知れている。

きっと江口弁護士が援助してくれていたから、私たちは今こうして幸せに暮らせているのだ。

「援助のこと……本当なんですか？」

江口弁護士に確認すると、「それしか私にはできなかったんだよ」と目を細め、申し訳なさそうな顔で認めた。

「……なぜ、今名乗る気になったんですか？」

「妻との離婚がようやく成立したんだ。今さらとも思ったんだが、事情を知った杉本社長に『このままでいいのか？』と説得されてね、君に会うことにしたんだよ」

「……そうだったんですね」

「私は憎まれて当然だと思う。それでも、君のお母さんと君を愛していることは伝えたかったんだ。これからも、遠くから君とおばあさんを見守っていくことは許してほしい」

……『遠くから』？

その言葉にカチンときて、思わず声を上げて江口弁護士を責めた。

「勝手すぎます！　私……ずっとお父さんに会いたかった。会いたくてたまらなかった。なのに……遠くから見守るなん……て、ひど……すぎます！　せっかく会え……たんだから……っ、そんな寂しい……こと、言わない……で」

嗚咽《おえつ》が込み上げてきて、最後はうまく言葉にならなかった。私の気持ちもちゃんとわかってほしい。

涙が止まらない私の肩を抱いて、杉本君が優しくなだめる。

「大丈夫。せっかく会えたんだ。梨花のお父さんは遠くに行ったりしないよ。うちの会社の顧問弁護士にもなってくれたようだしね。近くで見守ってくれますよね、江口弁護士？」

杉本君の問いに、江口弁護士は目を潤ませて答えた。

「……梨花ちゃんが望むなら」

涙をこらえながら、自分の思いを彼に伝える。

「と、遠くに行かれては困ります。今までの恨み言がたくさんあるんです。それに……」

一旦言葉を止めて、ためらいながらも思い切って呼んでみた。

「お父さんのこと……これからもっと知っていきたい」

「ああ、嬉しいよ」

私の目を見て頷く父の目には、うっすらと涙が浮かんでいた。

「……お父さん」

もう一度そう呼ぶと、父は私の頭を優しく撫でた。

お父さんの手……大きくて温かい。この人が……お父さんなんだ。お母さん……私、お父さんに会えたよ。すごく素敵な人だね。

父に会えた喜びに浸っていたら、目を細めて私を見ていた杉本君と目が合った。

『よかったね』

彼の目は、そう言っている。

私は喜びを噛みしめながら、小さく頷いた。

父に会えたのは、きっと杉本君や社長のおかげに違いない。

「梨花、そろそろお兄さんの相手をしてあげたら？　そのうち拗ねちゃうよ」

杉本君に言われて、ハッとする。

課長のことをすっかり忘れてました、ごめんなさい〜！

杉本君から離れ、江口課長と向き合う。

課長にしてみれば、江口弁護士夫妻の夫婦関係が破綻していたとはいえ、私は父親の浮気相手との間にできた娘だ。血は繋がっているかもしれないけど、母親を苦しめた憎むべき相手なわけで……。

「……あのう、私のこと、恨んでませんか？」

恐る恐る聞いてみると、ムッツリ顔だった兄が急に柔らかな表情になる。

「恨んでなんかいない。お前は俺の大事な妹だ」

『妹』と言われ、胸にジーンときた。

気が動転している私と違い、彼はとても落ち着いている。多分、前から私のことを腹違いの妹と知っていたのだろう。

「え、江口課長……あの、〝お兄さん〟って呼んでも怒りませんか？」

遠慮がちに聞けば、兄はいたずらっぽく目を光らせて微笑んだ。

「仕事以外ではな」

やっぱり課長……兄は優しい。

「あの……江口課長がお兄さんでよかったです」

私が満面の笑みを浮かべると、兄は嬉しそうに頷いた。

「俺も可愛い妹がいて嬉しいよ。お前が幸せな結婚をするまでは……いや、結婚しても兄としての役目はしっかり果たすから」

兄が杉本君を鋭い視線で睨めば、杉本君は挑戦的な目を兄に向けた。

「梨花のことは俺がいるんで、なんの心配もないですよ。じゃあ、そろそろデザートにいきましょうか」

場を仕切りだした杉本君は私に顔を寄せ、声を潜める。

「デザートは柚子のシャーベットだって。ふたりで行った遊園地、思い出すね」

彼のセリフで、あの観覧車での出来事を思い出し、赤面する私。

ダメだ。顔の熱が引かない。落ち着け、落ち着け。こんなに動揺してたら、杉本君に私の気持ちなんかすぐにバレちゃう‼

「梨花ちゃん、顔が赤いが大丈夫かね？」

社長が心配そうに聞いてくると、私は笑顔を張りつけて言葉を返した。

「……大丈夫です。今日はなんだか胸がいっぱいで」

その咄嗟の言い訳を周囲は信じてくれたみたいで、それ以上聞かれることはなかった。それからみんなでデザートを食べ終え、父と連絡先を交換してそれぞれ別れた。

幸福感でいっぱいの私は、杉本君とタクシーで帰宅。

父と兄に会えてウキウキしていた私は、ルンルン気分でマンションのエントランスに続く階段を、スキップしながらのぼっている。

父とは、兄を交えて定期的に食事をすることになった。

家族が増えた喜びに、ついついはしゃいでしまう。

「梨花、そんなに跳ねてたら危ないよ」

注意する杉本君にかまわず、私はのぼり続けたが、ヒールの靴でバランスを崩してよろけてしまった。

「きゃあ！」

必死に階段から落ちないように身体をバタバタさせていると、彼の力強い手が私の手をつかんでその胸に抱き寄せる。

「何やってんの？　ハラハラさせないでよ」

フーッと息を吐いて、安堵する杉本君。

私は一気に素の自分に戻り、ドキドキし始めた。

どうしよう？　何を言っていいかわからない。

「梨花、ちゃんと聞いてる？」

杉本君は身を屈めて、私の顎をクイッと持ち上げる。

彼と目が合うと、余計に何も言えなくなった。

「杉本君……」

「それ違う。この前寝てる時、『学』って呼んでくれたよね？　ほら、呼んでみて」

『この前』って……朝寝てた時？　えっ、起きてたの!?　ってことは、抱きついたのもバレてる？　嘘っ！　どうしよう～!!

恥ずかしくて、顔が火照《ほて》る。

「無理……」

私は視線を逸らして逃げようとしたが、彼はそれを許さなかった。

「強情だな。俺が寝てると素直になるのにね」

軽くため息をつきながら言うと、杉本君は私に顔を近づけてそっとキスを落とす。

ふわりと彼の唇が触れ、驚きで目を見張った。トクンと心臓が大きく音をたてる。

……杉本君にキ、キスされてる～!?

私たちの周りだけ、時間が止まったような気がした。

彼の綺麗な瞳が、私の目を射抜く。

そのキスがあまりに優しくて、「う、う……ん」とくぐもった声をあげながら応えていた。

それは、まさに女の子が夢見るようなロマンティックなキス。微かに、さっき食べた柚子のシャーベットの香りがする。

好きな人にされているからか、じわじわと目頭が熱くなってきた。

不意に彼は「……ヤバい」と自嘲めいた声で呟き、突然私から離れる。

「杉本……君？」

わけがわからず、潤んだ目で彼を見上げた。

「そういう目で男を誘惑しないの。止められなくなる」

余裕のない表情で注意して、杉本君は私の手をつかんで歩きだす。

彼に手を引かれた私は、頭がパニック状態のまま無言でついていった。

杉本君……なんでキスなんかしたんだろう？　私がはしゃいでいたから、お仕置きするためだったのかな？　……本気なわけないよね？

エントランスの窓に映る自分と杉本君の姿を見て、すぐに下を向く。

私は、彼になんて不釣り合いなのだろう。メガネをかけた冴えない女の子。杉本君に合いそうな、綺麗でセクシーな女性とはほど遠い。

そう自覚すると、ひどく落ち込んだ。

自分で言ってて悲しいけど、別の人種だな。こんな地味な女を、杉本君が好きになるわけがない。容姿のことなんて、ずっと気にしないことにしていたのに……。

彼のことを考えれば考えるほど、胸が痛くなる。

ふと自分の手をつかんでいる彼の右手を見て、『あれ？』って思った。

右手……使ってる。彼の手、もう治っているの？

彼に夢中です

「じゃあ、これから病院に行ってくるよ。お昼過ぎには戻れると思うけど」

有名ブランドのデニムにグレーのTシャツ姿の杉本君は、玄関で靴を履《は》く。

今日は土曜日で、会社はお休み。

彼は右手の怪我の具合を診てもらいに、これから病院に行く。

「タクシーを呼んでおいたから、すぐに着くと思うよ」

玄関まで杉本君を見送りに来た私は、靴を履く彼を見下ろして言った。

「ありがとう。今夜は俺の快気祝いかな？　何を食べたいか考えておいて」

「ほら、タクシー待たすと課金されちゃいますよ」

これ以上この話をしたくなくて、私は彼を急かす。

今夜なんてない。私はもうすぐ、自分の家に帰るんだから……。

「行ってくる」

杉本君が私に笑顔を向けると、私も咄嗟に笑顔を作った。

「行ってらっしゃい」

ドアがバタンと閉まるまで手を振って、杉本君を見送る。

彼にはちゃんと笑っているように見えただろうか？

お昼になるまでに、私にはやることがある。

この家の掃除をして、杉本君のお昼ご飯を作って、そして……彼が戻る前に出ていかなくては。

「さあて、まずはトイレ掃除」

エプロンをして、トイレに向かう。

杉本君の右手の指は、もう治っている。テーピングをしなくても、もうなんの痛みも感じないらしい。

病院の先生も、きっと『完治したよ』と太鼓判を押すに違いない。

そしたら、私はもう用なし。彼の怪我が治って喜ぶべきなのに、落胆してしまう自分がいる。

私って……なんて悪い子なんだろう。

マンションのエントランスで杉本君にキスされたあと、彼の手がまだ治らなきゃいいのにって願ってしまった。

そんな自分が恥ずかしい。醜い自分を、これ以上杉本君に見られたくない。

『もう怪我が治ったから梨花の家に戻っていいよ』って笑顔で言われたら、彼の前で泣いてしまうかも。そんなの嫌だ。だから、そう言われる前にこの家を出るんだ。

そして、杉本君と距離を置いて、もとの生活に戻る。

梨花、強くなれ！

普通なら住めないこんな高級マンションに、一ヶ月も住めたんだもん。しかも、杉本君という、超イケメンのご主人様付きで。こんな贅沢《ぜいたく》を味わったんだから、それだけでも満足しなきゃ。

家に帰ったら、今までできなかったことをしよう。読んでない漫画を読みふけるとか、誰にも気兼ねなく家でゴロゴロしながら妄想に浸るとか……。

ね、楽しいでしょう？　そうよ、私は二次元の男の子が好きなんだもん。また自分の妄想の世界にこもればいい。疑似恋愛で満足していれば、それでいいの。

グダグダ考えたくなくて、ひたすら掃除に没頭する。トイレとお風呂の掃除を済ませると、キッチンに向かった。冷蔵庫を開け、杉本君のお昼ご飯に何を作るか考える。

じっくり作る時間はない。

ナスと玉ねぎとベーコンを取り出し、各材料を細かく刻む。

そういえば、こんな風に野菜を切ったりしていると、いつも杉本君が現れて私に抱きついてきたなあ。料理に集中させてって思ってたけど、今考えると彼なりに私を和ませようとしてくれたのかも。

でも、今日は杉本君に料理を邪魔される心配はない。

喜ぶべきなのに、何か物足りなくて寂しさを感じる。彼のいるこの家は、いつの間にか私にとって、とても居心地のいい場所になっていた。

フライパンを取り出して油を引き、切った材料とご飯を炒《いた》めて、ささっと炒飯《チャーハン》を作った。杉本君の口に合うかわからないけど、これは小さい頃、お母さんが作ってくれたのを自分なりに再現した物。

味付けは市販のウスターソースだけ。でも、私はこれが大好きだった。

「杉本君も気に入ってくれるといいな」

炒飯を皿に盛ってラップをし、ダイニングテーブルの上に置いた。

「これでよし」

私が杉本君のためにご飯を作るのは、きっとこれが最後だ。

そう考えたら、なんだか悲しい気持ちになる。

後片づけを素早く済ませると、自分の部屋に向かった。ドアを開けて寝室に入る。

寝具以外は、ほとんど何も置いてない殺風景な部屋。

彼は『自由に使ってくれればいいよ』って言ったけど、私は必要最低限の物しか置かなかった。すぐに出ていくのがわかっていたから。

クローゼットを開け、スーツケースと中に入っていた洋服を取り出して、一枚一枚畳《たた》む。その中には杉本君が買ってくれたピンクのワンピースもあって、私の手は止まってしまった。

あのカフェでの出来事がなければ、私たちはただの同僚でいられたのにな。杉本君を好きになることなんてなかったはず……。彼の優しさを知らなければ、漫画を読んで満足していられたのに……。

「神様って、結構ひどいよね」

私はピンクのワンピースを、胸にギュッと抱きしめる。胸が締めつけられて痛い。

もう杉本君のそばにはいられない。来週の月曜になったら、江口課長……お兄さんにお願いして、杉本君のサポート役を外してもらおう。

涙がスーッと頬を伝った。

この切ない感情を、どうしていいのかわからない。止めようと思っても涙が止まらなくて、私はワンピースを抱きしめたまま泣きじゃくった。

「何、俺のいないところで泣いてんの？」

不意に、背後から杉本君の声がして、ハッとする。

まだ十一時過ぎのはず……。なんで杉本君がいるの？

顔を上げて驚いていると、彼が正面に回り込み、私の頬に触れて涙を拭った。

「昨日から梨花の様子がおかしかったから、帰宅時間を遅めに伝えておいて正解だったよ。どうして俺に内緒で荷造りしてるの？」

普段はあまり見ない怖い顔で、彼は追及する。

「だって……」

理由を説明しようとするが、ひっくひっくとしゃくり上げてしまい、うまく言葉が出ない。

杉本君は急に穏やかな顔に戻り、私をそっと抱きしめると、頭を撫でた。

「大丈夫だよ。話せないなら、しばらく黙って聞いてて」

いつも以上に優しい杉本君の声に、私はコクッと頷く。

「まず最初に言っておくけど、俺は梨花を寮に帰す気はないから」

え？

私は目を丸くして、彼を見上げた。

「怪我が治るまでお世話して、なんて言ったけど、もともと梨花を帰すつもりはなかった。好きな女をみすみす手放す男なんていない」

「でも、私は杉本君には釣り――」

『釣り合わない』……そう口を挟もうとしたら、彼が私の唇に指を当てた。

「俺は、梨花が好きだ」

杉本君の真摯な目が、私の瞳を射抜く。

彼の告白に、私の涙はピタリと止まった。

「う……そ」

私の口から、反射的に否定の言葉が出る。

すると、杉本君は少し寂しそうに笑い、私の唇に当てていた指を退けた。

「もっと早く言うべきだったかもしれない。ほかの女なんていらないんだ。あのカフェでの出来事の前から、俺は梨花に興味を持っていた。梨花の優しい心に惹かれていたんだよ。一緒に住んでご飯を食べて、ともに仕事をしているうちに、さらに梨花に夢中になった」

揺らぎのない杉本君の綺麗な瞳。

彼の真剣な想いが伝わってくる。

「杉本君……」

カフェでの一件の前から、彼が私のことを気にかけていたなんて……。

「もう俺の人生には、梨花が必要不可欠なんだ」

杉本君のその言葉に、嘘はないって思える。だって、この一ヶ月ずっとそばにいたのだ。彼が私に対してどんなに優しくて、どんなに誠実だったか、この私が一番よくわかっている。

だからこそ……信じられない思いでいっぱいだ。

だって……私だよ？

お金持ちのお嬢様でもないし、バリバリのキャリアウーマンでもない。容姿だってパッとしない。少女漫画で言えば、私はきっと主人公の〝友達その一〟とか〝その二〟の脇役キャラ。

そんな私の、どこを好きになったの？　杉本君のような超ハイスペックな人が、私の存在に気づいていただけでも、すごいと思うのに……。

そうだよ。こんなパーフェクト人間の杉本君の相手が、私でいいわけがない。

「ほ、本当に私でいいの？　美人でもないし、なんの取り柄もないし、普通のＯＬだし……」

私は、杉本君から視線を逸らして言った。

彼は将来、うちの会社の社長になる特別な人だ。

私のような平凡な女が彼の隣に並ぶなんて……あり得ないよ。

「梨花は自己評価が低すぎるよ。俺は梨花がどんなに可愛いか知ってるし、仕事だってなんだって一生懸命頑張っているのを知っている。そんな梨花がそばにいてくれると、俺も頑張らなきゃって思うんだ。梨花は俺のエネルギー源なんだよ。じゃあ、最初の質問に戻るけど、どうして泣いてたの？　俺と離れると思って、悲しくなった？」

彼は卑屈になっている私の顎を掬い上げるように持ち上げ、私と目を合わせた。

「そうよ！　気づいたら、杉本君のことを好きになっていたんだもん！」

図星を指された私はグッと拳《こぶし》を握り、やけになって言い放つ。

「やっとシラフで言ってくれた」

杉本君は、愛おしげに私の頬に手を当てて破顔した。

「『シラフで』ってどういう意味？」

杉本君の笑顔に胸がときめくが、彼の言葉が気になって聞き返す。

「覚えていないだろうけど、梨花はこの前の焼肉屋で、俺がキスしてくれないって江口さんに愚痴ってたんだよ」

ニヤリと目を光らせながら説明する彼の言葉に、ショックのあまり顔から血の気が引いた。

嘘でしょう？　それって、杉本君にキスをねだったようなもんじゃない‼　しかも江口課……お兄さんに言うなんて……。私はバカか。穴があったら入りたいよ〜！

今さら顔を隠しても無駄だろうけど、手で顔を覆うと、その手を杉本君がつかんではがす。

「ねえ、なんで顔を隠すの？　俺たち、両想いだってお互いわかったところなのに」

彼が意地悪な笑みを浮かべた。

「……恥ずかしすぎる」

伏《ふ》し目がちに言う私に、杉本君は悪魔のような笑みを浮かべて宣言する。

「そうやってすぐに逃げないの。『梨花の気持ちが俺に傾くまでは』って、同居してからずっとキスするのを我慢してたけど、もう遠慮しないから」

「でも、この前マンションのエントランスで……」

杉本君は私にキスをした。

私の指摘に彼は目を細め、責めるような口調で言う。

「それは梨花が可愛いすぎたから、ついしてしまったんだよ。理性で抑え切れなかったんだ」

杉本君の告白に、今度は赤面する私。

私に魅力がないわけじゃなかったんだ。

ホッとすると同時に、なんだか照れてしまって彼を正視できない。

「ほら、そんな顔をするから我慢できなくなる」

杉本君は私のメガネを奪うと、そっと口づける。

その温かい唇から伝わる、彼の想い。

私はそっと目を閉じ、杉本君の胸に手を当てて身を委ねた。優しくて、甘くて、とろけるようなキスに胸がキュンとなる。

こんなに私をドキドキさせるのは、あとにも先にも彼ひとりだけだろう。

「……まだ足りない」

余裕のない声で囁いて、彼はまた唇を重ねる。

それから、どのくらいの時間が経っただろうか……。

夢見心地の私は、杉本君がいつキスを終わらせたのかわからなかった。

「これからはもっとしようね」

杉本君はチュッと羽根のようなキスと落とすと、私の背中に腕を回して抱きしめる。

ついさっきまでは悲嘆にくれていたのに、今の私は幸せでいっぱいだ。

こんな展開、誰が予想しただろう？　まだ自分でも信じられない。彼と両想いになれたなんて……。これからも彼と一緒にいられる。彼のそばにいられる。

そう考えるだけで、胸がジーンと熱くなった。

「どうしよう〜。嬉しすぎて死んじゃうかも」

私が正直な気持ちをポロッと口にすると、杉本君はクスッと笑った。

「死んでもらっちゃ困るな。梨花のおばあさんにだって花嫁姿を見せなきゃいけないし、梨花のお母さんのお墓参りにも行かなきゃいけないんだから」

「杉本君……」

彼の気持ちが嬉しくて、胸が熱くなる。

「梨花のお母さんに、俺を紹介してくれるよね？」

杉本君は極上スマイルで、私に確認する。

「うん、ありがとう」

私は杉本君の目を見て笑顔で返事をするが、涙腺が緩んでしまい、涙が溢れた。

「ほらほら泣かないの」

彼が茶化すような声で言って、私の涙を親指の腹で拭う。

「泣いてないよ。嬉しいんだもん。私ね……高校の時から、杉本君ってどこか怖い人て……すごく感動してるの。誤解しててごめんね」

「へえ、その懺悔《ざんげ》は潔いけど、梨花のことをこんなに大事にしてたのに、それが伝わってなかったなんてショックだな。どうして、俺のことをそんなに怖がっていたのかな？」

その不穏な彼の声の響きに、ドキッ‼　これはときめきではなく、久々に味わうヒヤリとした感覚。

でも、もうここで怖気づく私ではない。

「高校の時に、杉本君が女の子をこっぴどくフッているのを見ちゃったのもあるけど、杉本君に付きまとってた子とか、逆らってた男の子とかが学校を自主退学してたから……。杉本君が裏で手を回してやったのか、って勝手に思ってて……。本当に……本当にごめんね」

素直に白状して平謝りすれば、「それは、梨花の妄想だよ。漫画の読み過ぎ」と、かなり呆れられた。

「ずっと梨花にそんな風に思われていたなんてね。ああ……精神的ダメージが強すぎて、もう会社に行けないかも」

彼はガックリと肩を落とし、ハーッとため息をつく。

杉本君らしくないネガティブなセリフに、どうしていいのかわからなくておろおろしてしまう。

「どうしたら、いつもの杉本君に戻るの？　私……なんでもするよ」

いくら彼が完璧人間でも、人に信じてもらえないのってつらいよね。

「本当に？」

杉本君の問いに、私は真剣な顔で答えた。

「もちろんだよ」

「では、これからは俺のこと、下の名前で呼んでもらおうかな？　『学』でも『学ちゃん』でもどっちでもいいよ」

杉本君は顔を上げると、悪魔のようにニヤリと口角を上げる。

え？　なんか彼の周りの空気が、ガラッと変わった気がするんですけど……。今のって演技なの？　それにこの展開、お世話をお願いされた時と同じ流れ……。

「『なんでもするよ』って言ったよね？　さあ、呼んでみて」

いきなり本人の目の前で？　恥ずかしすぎる～‼

「……が……学」

騙されたって思いながらも、彼の下の名前を素直に口にする私。

「よくできました」

学はとびきりの笑顔で私に微笑み、ご褒美《ほうび》のキスをする。

彼に怒ってもいい場面なのかもしれないけど、こんな甘いキスをしてくれるなら『まあ、いっか』と思ってしまった。

「梨花、『もっと欲しい』って顔してる。理性が吹っ飛ぶくらい俺に夢中になってよ」

学がセクシーな声で囁くが、私はすでに彼にメロメロ状態。

「も、もう夢中になってるよ」

少しはにかみながら告白すれば、彼は疑いの眼差しを向けてきた。

「ふーん、そうなんだ。じゃあ、俺と、梨花が好きな漫画に出てくるヒーローだったら、どっちが好きなの？」

いたずらっぽく目を光らせ、彼はその非の打ちどころのない秀麗な顔を私に寄せて迫ってくる。

「そんなの、学に決まってる」

真顔で即答すると、学は弾《はじ》けるように笑った。

「俺も世界で一番、梨花が好きだよ」

極甘低音ボイスでそんな殺し文句を口にし、学は私の頬に両手を添えて愛おしげに唇を重ねてくる。

なんて……甘い口づけ。まるでチョコレートみたい。とろけるように甘くて、一度味わったらもっともっと欲しくなる。きっと、学のキスには中毒性があるに違いない。

彼も……彼のキスも好き。

欲しいのはあなただけ。だから、もっとキスして。

私はどんどん貪欲になる。もう、こんなに学に夢中になってるよ。

彼と唇を重ねながら、心の中でそっと呟いた。

イケメンの王子様は漫画の世界だけじゃない、現実の世界にも存在する。

彼は私だけの、愛しの王子様だ。

番外編

策にハマるのも悪くない［江口課長ＳＩＤＥ］

杉本が梨花を連れて帰ると、俺はあいつの妹に目をやった。

今日は七月の恒例行事となっている課の飲み会。

男性社員がガッツリ肉を食べたいということで、焼肉屋に決定したらしい。

杉本の妹はさっき粗相をしたせいか、暗い顔で座敷の隅でビールをひたすら飲んでいる。

上座にいる俺の視界にその姿がたまに入ってくるから、気にせずにはいられない。

杉本詩織はお嬢様育ちで、世間知らず。社会人としては、まだまだ使い物にならない。親のコネがなければ、エネルギー関連事業部に配属されることはなかっただろう。

『江口君、いろいろと面倒をかけると思うが、娘のことをよろしく頼むよ』

いきなり社長室に呼び出されたと思ったら、社長から決定事項を伝えられ、俺には反論の余地もなかった。

意見を聞かれたら、『総務辺りに配属してはどうですか？』と遠回しに断っていたかもしれない。

まあ、本人なりに頑張っているし、まだ入社して間もないので、杉本の妹のことは長い目で見てやるべきなんだろう。

今のところ杉本や梨花が彼女のことをうまくフォローしているから、仕事面では支障はない。

それにしても、よく飲むな。

杉本の妹がビールを飲み干すと、近くにいる男性社員がすかさずビールを注文し、俺が目撃しただけでも三回はおかわりしている。

もうビールジョッキ何杯目だ？

顔は赤みもなくいつもと変わらないが、あれは飲みすぎだろう。

杉本のヤツ、俺に面倒を押しつけて……。

ハーッとため息をつき、仕方なく彼女に声をかけた。

「杉本さん、そんな隅っこで飲んでないで、こっちに来て食べたらどうだ？」

「あっ……はい！」

彼女が俺を見て瞳を輝かせ、横に来て座布団にちょこんと座る。

まるで、血統のいいペルシャ猫だな。色白で、美人で、品があって……。

「ちゃんと食べてるのか？　ビールばっかり飲んでると、悪酔いするぞ」

俺が軽く注意すると、彼女は困惑顔で言った。

「いえ……こういう場はあまり慣れていなくて。どう食べていいのかわかりませんの。順番に肉を取るとか、ルールがあるんですか？」

彼女の質問に唖然とする。

杉本のヤツ……もうちょっと外に連れ出して、常識的なことを教えてやれよ！

心の中であいつに毒づきながらも、俺は淡々とした口調で説明する。

「ひたすら焼くのが好きなヤツもいるが、自分が食べたい物を近くの網に載せて焼けばいい」

「そうですの？」

キョトンとした目で、彼女は首を傾げた。

いまいち理解していない様子なので、適当に肉を焼いてみせる。

「杉本さんもやってみたら？」

「はい」

彼女は箸を持ち、皿の上に並べられた肉を眺めた。

「どうした？」

「この白い物体はなんでしょう？」

顔をしかめながら、彼女は白い肉を箸で指す。

『物体』ときたか。

「それはミノ。牛の胃の部分で、コリコリした食感が楽しめる」

面倒だなと思いながらも、彼女に肉の説明をすると、興味を示してきた。

「こっちの、赤いのと白いのが交じったのは？」

「それはカルビ。脂が乗ってて美味しい」

「ああ、カルビって聞いたことありますわ。焼く前は、こういう色ですのね。この赤いのはなんでしょう？」

今まで、どうやって育ってきたのだろう？　スーパーにも行ったことがないんじゃないだろうか？

社長も娘を甘やかしすぎだ。

呆れながらも、彼女の質問に答える。

「それはロース。癖がなくて普通に美味しい。食べたいと思うのがあれば、焼いてみたらどうだ？」

珍しそうに、肉をじっと眺めている彼女にそう提案するが、どの肉がいいか迷っているようだった。

彼女は困惑顔で、上目遣いに俺を見る。

「江口課長が今食べたのは、カルビなんですか？」

「ああ」

「では、私もカルビにします」

緊張した面持ちで、彼女がカルビを箸でつまんで焼く。

「脂が乗ってる分、燃えやすいから気を――」

『気をつけて』と注意しようとしたら、肉の周りの火が勢いよく燃え上がった。

「きゃあ‼」

箸に火がつき、悲鳴をあげる彼女。

「火が……箸に火が‼」

そう騒ぎながら俺を見て、助けを求める。

「何やってるんだ！」

杉本さんの手から箸を奪い、水の入ったコップに入れて火を消す。

ジュボッという音がしてすぐに火は消えたが、箸の先は黒焦《こ》げ。

「焼肉って……とても危険ですわ。命がけですのね」

彼女は顔面蒼白で壁にもたれかかり、息を整える。

そんな彼女を見て、俺は嘆息《たんそく》した。

焼肉が命がけって……。ただ、肉を焼くだけじゃないか。

冗談ではなく、本気で言っているのだから手に負えない。

「もういい。俺がやる」

彼女にやらせたら、店が火事になる危険性もある。

たかが焼肉で、そこまで心配しないといけないとは……。

梨花の場合は陰で見守って、いざという時に助けてあげればよかった。

だが、彼女は……過保護なくらい面倒を見ないとダメらしい。

焼いた肉を小皿に載せ、彼女の手前に置く。

「ほら、食べていいぞ」

「……ありがとうございます。ずいぶん手慣れてますのね？」

彼女が羨望《せんぼう》の眼差しで俺を見るので、思わず苦笑した。この程度のことで感心されても困る。

「いや、ただ肉を焼いただけだ」

「でも、綺麗に焼けてますわ」

カルビを箸でつかみ、彼女は上品な所作で口に運んだ。

「あっ！　美味しい！」

モグモグと咀嚼《そしゃく》しながら、杉本さんはフフッと笑みをこぼす。

「ご飯もしっかり食べたほうがいい。明日も仕事だし、体力つけろよ」

「でも、ビールでお腹が……」

彼女は困った顔で、腹部に手を当てる。

確かにあれだけ飲めば、飯は入らないよな。

「……もっとよく考えて飲めよ」

呆れた口調で言えば、彼女はしゅんとなった。

「……すみません、江口課長」

「普段はちゃんと食べてるのか？」

彼女は身長が百六十五センチくらいあって、女の子にしては高いほうだが、顔は白いし、すごく華奢《きゃしゃ》で健康的とは言えない。

「パソコンやスマホに夢中になると、どうしても食事するのを忘れてしまいますの」

「食事を忘れるほど、何をやってるんだ？」

ずっと家に閉じこもっているから、そんなに肌が白いのか。

彼女の説明に、妙に納得してしまう。

「家族には内緒にしてますけど、最近、恋愛シミュレーションゲームにハマっていますの。どうやってタイプの違う殿方を落とすか、いろいろ考えると楽しくて。声優の声もとても素敵ですのよ。そこに、江口課長の声にそっくり……あっ‼」

彼女が気まずそうに、慌てて口を押さえる。

「俺の声に……ん？　なんなんだ？」

聞き返すと、彼女は「なんでもありませんわ」と言いながら、首をブンブンと横に振った。

隠されると気になるが、これ以上突っ込んでも話す気はないだろう。

「とにかく、杉本さんはもっと食べたほうがいい。酒よりも、まずは食べることを考えろ。今のような食生活だと、いつ倒れてもおかしくないぞ」

説教をすれば、彼女は俺の目を見て嬉しそうに返事をした。

「はい。江口課長はやはり優しい方ですのね。私の兄は意地悪で『もっと食べないと入院させるぞ』って脅すんですのよ」

彼女は眉根を寄せ、杉本のことを愚痴る。

「俺が兄なら、同じことを言ってるな。杉本さんのことを心配して言ってるんだ」

穏やかな声でなだめるように言えば、彼女は少し意外そうに首を傾げた。

「そうでしょうか?」

「家族なら心配するさ」

一緒に育った家族なら、なおさらだろう。

「江口さん、そろそろ二次会に行きませんか?」

今日の幹事の男性社員が、俺に声をかけた。

二次会か。だが、彼女をこのまま放置して行くのは怖いな。杉本の言いなりになるのは気に食わないが、仕方がない。

「悪いが、杉本さんを送っていかないと。これで、みんな楽しんでくれ」

スーツの内ポケットから長財布を出すと、三万円ほど取り出して幹事に渡す。

「うわあ、こんなに。江口さん、ありがとうございます!」

満面の笑顔で礼を言う幹事に軽く頷き、俺は杉本さんに目を向けた。

「じゃあ、杉本さん、ここを出よう」

「……は、はい」

少しボーッとした顔で返事をする彼女。

それから課のみんなに別れの挨拶をして店を出るが、彼女の様子がおかしかった。

身を屈め、ずっと下を向いている。

「気分が悪いのか？」

彼女の背中に手を置いて、顔を覗き込む。

「……おかしいですわ。私……この程度のお酒では酔いませんのに……」

呟くような声で言って、杉本さんはついにしゃがみ込んだ。

「大丈夫か？」

俺もしゃがんで、彼女の背中をさする。

「……大丈夫です」

彼女はそう答えるが、気分が悪いのか手を口に当てた。

「気持ち悪いなら、店に戻ろう」

立たせようとするが、彼女は苦しくて身動きが取れないようだった。顔も真っ青だ。

「わかった。つらいんだな」

彼女を抱き上げて店に運ぼうと思ったが間に合わず、「うっ」と呻《うめ》いて道端で吐いてしまう。

しばらく背中をさすって杉本さんを落ち着かせ、そばにあった自販機でミネラルウォーターを買い、キャップを外して彼女に渡した。

「ほら、これを飲め」

憔悴《しょうすい》した顔の杉本さんは、無言でミネラルウォーターを受け取り、口に含む。

「どうだ？　吐いて少しは楽になったか？」

「……はい。見苦しいところをお見せしてしまって……」

彼女はそう返事をするが、まだ顔が青白い。

「気にするな」

タクシーを呼んで乗せたが、彼女はぐったりした様子で俺に寄りかかった。

「杉本さん、自宅はどこ？」

「め……め……れす」

とろんとした目で彼女は答えるが、よく聞き取れない。

「め？」

……確か、社長の住所は目黒《めぐろ》だったはず。

「目黒のどこだ？」

詳しい住所を聞こうとしたが、彼女は「う……ん」と言って目を閉じた。

「杉本さん？」

軽く身体を揺らすが、彼女は反応しない。

「おい、寝るな！」と何度声をかけても、彼女が目を開ける様子はなかった。

嘘だろ？　ここで寝るか？

……まさかの寝落ち。

仕方なくポケットからスマホを取り出して杉本にかけるが、応答しなかった。

梨花も寝落ちしたし、電話に出られる状況じゃないのか？

杉本に連絡を取るのを諦め、社長に電話をかけると、すぐに繋がった。

「エネルギー関連事業部の江口ですが、夜分にすみません。実は、お嬢さんが酔いつぶれてしまいまして。社長のご自宅に、これから伺《うかが》ってもよろしいでしょうか？」

一応、ひと言断ってから社長の自宅に向かおうとしたが、社長からは信じられない言葉が返ってきた。

『それはすまない。だが、こちらも家内の具合が優れなくてな。悪いが、詩織のことは江口君に任せる』

何っ!?　任せるって、無責任すぎやしないか？

『すまん。私も忙しくてな。江口君なら安心だ。ちゃんと責任を取れる男だしな。頼むぞ』

ハハッと笑って、社長が電話をブチッと切る。

俺はスマホを睨みながら「社長！」と声を荒らげた。

勝手に切るなよ！　どいつもこいつも、俺に面倒を押しつけて、責任放棄するな！

大事な娘を独身の男にひと晩預けるって……どういう神経しているんだ⁉

普段はわりと冷静だが、今の俺はかなりイラ立っていた。

「お客さん、どこに行けばいいですか？」

タクシー運転手の声に、俺は我に返る。

今晩は、うちに連れて帰るしかないか。

ハーッと盛大なため息をつきながら、「青山まで頼む」と運転手に告げると、タクシーは静かに夜の街を走りだした。

何が『ちゃんと責任を取れる男だしな』だ！　『家内の具合が優れなくて』っていうのは嘘だろう。

よくよく考えると、この展開……杉本親子にまんまとはめられたような気がする。

あのふたりは、俺が彼女に手を出すのを期待しているのだ、きっと。

変な男に捕まるよりは、身近な男を選んであてがったほうが安心、というわけか。

「まったく、厄介なものを任されたものだ」

俺は吐き捨てるように呟く。

誰が罠《わな》とわかって手を出すか！　そうなったら最後、あの親子に結婚を迫られる。

タクシーが自宅マンションの前で停車すると、俺は支払いを済ませ、彼女を抱き上げて自分の部屋に運んだ。

玄関のドアを開けて、彼女の靴を脱がす。

「ゲストルームはベッドメイキングしていないから、俺の寝室に寝かせるしかないか」

自分の寝室に連れていき、ベッドに寝かせる。

それからクローゼットを開けて、部屋着に素早く着替えたら、不意に背後から彼女の声がした。

「江口課長……報告書にハンコを……お願い……します」

……寝言か？

一瞬驚いて目を丸くしたが、彼女の言葉に思わず噴き出した。

「夢の中でも仕事とは、頑張るな」

ベッドに近づき、その寝顔をじっと眺めて彼女の頭をそっと撫でる。

不思議だな。さっきまでムカついてイライラしていたのに……。

彼女が笑わせてくれたせいで、今は心穏やかで優しい気持ちになれる。

「明日も頑張れよ。おやすみ」

囁くように言って寝室を出ると、俺はリビングに向かった。

「あつー！」

翌朝、リビングのソファで寝ていた俺は、杉本さんのおかしな叫び声でパッと目を開けた。

何事だ？

「あ……熱い！」

また彼女の声がキッチンのほうから聞こえてきて、慌てて飛び起きる。

「杉本さん？」

キッチンに向かうと、彼女が右手を押さえて屈み込んでいた。

「どうした？」

そう声をかけながら、彼女の右手に目をやると、親指と人差し指が赤く腫《は》れていた。

「フライパンで火傷《やけど》をしてしまって……」

指が相当痛いのか、杉本さんは涙目で説明する。

「火傷なら冷やさないとダメだろ！」

彼女を一喝してその右手をつかむと、すぐに水で冷やした。

「お腹が空いたなら、なぜ俺を起こさない？」

責めるように言えば、彼女は委縮した様子で謝る。

「す……すみません。昨夜ご迷惑をおかけしたので、朝食でも作ろうかと思ったのですけど……」

少しキツく怒りすぎたか？

フーッとため息をついて自分を落ち着かせると、今度は努めて優しく声をかけた。

「一体、何を作ろうとしたんだ？」

俺の質問に、彼女は申し訳なさそうにか細い声で答える。

「……目玉焼きです」

目玉焼き？　それで、なんでこんな火傷をするんだ？

チラリとフライパンに目をやれば、フライパンの上にあるのは目玉焼きではなく卵そのもの。少し割れたのか、白身が少し出ている。

これが、目玉焼き？

……目が点になる。

「フライパンに火をつけて卵を置いたんですけど、割れてしまって……慌てて卵をつかんだら火傷を……。なぜこんなことになったのか、自分でもよくわからなくて……」

下唇を噛みしめながら、彼女は悔しそうに言い訳する。

卵を割らずに目玉焼きね。作り方……知らなかったんだろうな。

彼女はある意味すごいと思う。『冷静沈着』と言われているこの俺を、こんなに驚かせてくれるのだから。本人は真剣なんだが……。焼肉といい、目玉焼きといい……ほんと世間知らずのお嬢様だな。

ククッと笑いが込み上げてきて、俺は額に手を当てた。

「江口課長？　どうしたんですか？」

彼女は困惑した顔で俺を見る。

「悪い。なんでもない」

流水で彼女の手を充分に冷やすと、救急箱を持ってきて応急手当をした。

「朝食は俺が準備するから、杉本さんは身支度を整えてくるといい。前髪が跳ねているぞ」

クスリと笑ってそう指摘すれば、彼女は左手で前髪を押さえ、カーッと赤面した。

「あ、あら、やだ！　……私、バスルームお借りします～」

俺から逃げるように、慌てた様子でバスルームへ向かう杉本さんを見て、ハハッと声をあげて笑う。

……こんなバカ笑いをしたのは何年振りだろう。

一生懸命なのに何かとやらかしてくれる彼女が、急に可愛く思えてきた。彼女をそばに置いておくのは、楽しいかもしれない。

ククッと笑いながら、フライパンの卵を水で冷やして皮をむく。

「……ゆで卵……だな。これ」

新たな発見。フライパンで卵をそのまま焼くと、ゆで卵ができるらしい。

たまたまなのかわからないが、この焼き方はもう二度とさせないほうがいいだろう。

また火傷をされても困るし、火事になったら大変だ。

そんなことを考えながら朝食を作って、ダイニングテーブルに並べていると、彼女が戻ってきた。

「できたぞ。飲み物はコーヒー、紅茶、オレンジジュースがあるが、どれがいい？」

彼女ににこやかに声をかけ、うちにある飲み物を列挙した。

「……オレンジジュースをお願いできますか？」

彼女は、遠慮がちに言う。

「ああ、わかった」

冷蔵庫からオレンジジュースを取り出し、グラスに注ぐと、彼女の前に置く。

時間がなかったから今日の朝食はトースト、サラダ、目玉焼きに、カリカリベーコンだけ。

彼女が調理した卵は、スライスしてサラダに入れた。

「ありがとうございます。それにしても、江口課長は料理お上手ですのね」

この程度で感心されても困る。

「今朝のはたいしたことないが、そのうちとっておきのを作ってやる」

コーヒーを口にしながら、俺は笑顔で言った。

「本当ですの？」

目をキラキラさせる彼女に向かって頷く。

「ああ」

自分でも、なんでこんな約束をしまったのかわからない。最初は仕方なく家に連れてきたのにな。ただ、こうやって杉本さんと一緒に食卓を囲むのもいいと思えた。

彼女はかなりの天然で、さっきの卵事件はもちろん、いろいろとおかしな発言で俺を楽しませてくれる。

だからだろうか？

今まで義務のように思っていた食事を美味しく感じたし、朝は仕事のことを考えてかなり神経質になっているのに、身体が不思議とリラックスしている。

そばにいると、なんだか心が和むんだよな。

それに、彼女はお嬢様育ちのせいか世間知らずではあるが、とても素直で一緒にいると、つい世話を焼きたくなる。

自分が、こんなに世話好きな人間だとは知らなかった。

「江口課長、私も頑張って料理を覚えますわ」

張り切る杉本さんに、俺は優しく言った。

「俺が教えてやるから、ゆっくり覚えていけばいい。だが、仕事以外で『江口課長』はないな」

「では、江口さん？」

杉本さんの答えに、俺は首を横に振った。

「却下。俺の下の名前、知っているか？」

口角を上げて意地悪く言えば、彼女はためらいがちに声を出す。

「……涼介《りょうすけ》さん」

「それでいい。詩織」

満足げに笑いながら、俺も親しげに杉本さんの下の名前を呼ぶと、彼女の顔はボッと火がついたように真っ赤になった。

いつもクールな彼女に、こういう顔をされると参るな。彼女に触れたくなる。

手を出したら即婚約だろう。婚約とくれば、次は結婚。
そう考えたら、自分の頭に詩織の綺麗なウェディングドレス姿がパッと浮かんでき
て……。
「あのふたりの策略にハマるのも、悪くないか」
じっと詩織を見据えながらポツリと呟く俺に、「え？」と彼女が小首を傾げる。
そんな彼女の表情のひとつひとつが、とても可愛く思えた。
仕事にしか興味はなかったんだがな。どうやら俺は彼女にハマってしまったらしい。
不思議そうに俺を見つめる彼女に、「なんでもない」と微笑んだ。
杉本が梨花を見つけたように、俺も自分だけの花を見つけたのかもしれない。
この綺麗で可愛い花を、大事に育てていこう。
そう思った。

特別書き下ろし番外編

ふたりの甘いクリスマス

「それで、涼介さんが先週の土曜日、水族館に連れていってくれたんです」

前の席に座っている詩織ちゃんが、嬉々としてデートの話をしながらアールグレイの紅茶を口に運ぶ。

私たちは今、表参道《おもてさんどう》にあるオシャレなカフェでお茶をしている。

『涼介さん』というのは、江口部長……私の兄のことだ。そう、兄は十月の人事でエネルギー関連事業部の部長に昇進した。

今日は土曜で会社は休み。おまけに十二月二十四日のクリスマスイブ。

学と付き合い始めてから、早いものでもう五ヶ月。

彼の右手の怪我は治ったけど、今も週末や彼が早く帰れる日は、学のマンションで一緒に過ごしている。学のお母様とも親しくさせていただいていて、たまに彼の実家で一緒に料理を作ったり、そのままお泊まりしたりすることもしばしば。

学にはとても大事にされているし、毎日が充実していて、最近は漫画を一ページも読んでいない。私のトレードマークだったメガネもやめて、今はコンタクトにしている。学の前では少しでも綺麗な自分になりたくて、思い切ったのだ。

「先週の土曜日って、詩織ちゃんの誕生日だったもんね」

詩織ちゃんが幸せそうなので、私もつられて笑顔になる。

彼女は兄と付き合っている。

そのことを学から最初に聞かされた時はかなり驚いたけど、兄は結構世話好きだし、彼女は守ってあげたくなるタイプだから、お似合いだと思った。詩織ちゃんが兄のことを好きなのは、日頃の態度からわかっていたし、その思いが兄に通じて本当によかったと思う。

最近では、私たち四人でダブルデートしたり、仕事のあと、詩織ちゃんと一緒にご飯を食べに行ったりしている。

「涼介さん、このネックレスをプレゼントしてくれたんですよ」

詩織ちゃんは、胸元に光るハートのペンダントトップを指でつまんで、嬉しそうに私に見せた。

「可愛くて、詩織ちゃんによく似合ってるよ」

私はニコッと笑って、素直な感想を口にする。

今年のイブは学と一緒に過ごせると期待していたけど、彼は急な海外出張で、月曜から兄と一緒にアメリカに行っている。戻ってくるのは明日、日曜日の午後の予定だ。

仕事だとわかってはいるけれど、イブに彼がいないと余計寂しく感じる。

周りはどこもカップルだらけ。

去年までは、クリスマスは他人事だったんだけどな。

おばあちゃんのいる老人ホームのクリスマスコンサートに出かけるくらいしか、予定がなかった。

そんな寂しいシングル生活が当たり前だったのだけど、学と付き合うようになってから、ふたりでいることにすっかり慣れっこになって、ひとりになってしまうと無性に彼が恋しくなる。

何もする気になれずに家でゴロゴロしていたら、詩織ちゃんに呼び出されて、こうして表参道のカフェでお茶しているというわけだ。

「ありがとうございます。でも、クリスマスイブに出張なんてひどすぎます。父も、なんでこの時期に兄と涼介さんに海外出張の同行を命じたのか……。父を恨みますわ」

詩織ちゃんは急に暗い顔になって、カップの中の紅茶をじっと見つめた。

そう、今回の海外出張、学も兄も社長に同行するよう命じられたのだ。

彼女も、兄に会えなくて寂しいのだろう。

「仕事だから仕方ないよ。明日には帰ってくるんだし、元気出して、詩織ちゃん」

沈んでいる彼女を元気づけると同時に、自分も励ましていた。

明日になれば、学に会える。

「梨花さん、今日はお兄様のつけで美味しい物を食べに行きません？　高級フレンチのお店を予約してますの。ワインもいいのが揃ってますのよ」

……ヤケ食いに、ヤケ酒？

「そんなことして、学……お兄さんに怒られない？」

学にバレた時のことを考えると、怖くて少し不安になった。ハメを外しすぎと言われそう。

年末は忘年会シーズンだし、学から『お酒飲んじゃダメだよ』ってやんわり注意されているんだよね。私には前科があるから……。

「今はアメリカにいますもの。バレませんわ。イブを楽しみましょう！」

ウフフといいたずらっぽい目で詩織ちゃんが笑う。

それから彼女と店を出ると、大学生くらいの男の子がふたり、近寄ってきた。

「ねえ、君たち可愛いね。暇なら一緒に食事でもどう？」

茶髪の男の子が突然、軽い調子で声をかけてきた。

「結構です。私たち、暇じゃありませんの」

詩織ちゃんが冷ややかな目をふたりに向けて、きっぱり断る。

「イブに女ふたりでいるなんて、明らかに暇でしょ？　俺たちと楽しもうよ」

今度は金髪のチャラそうな男の子が、詩織ちゃんの腕をつかんだ。

「ちょっと、何するんです。離して！」

詩織ちゃんが嫌悪感むき出しの顔で抵抗するが、金髪の子は離してくれない。

私が詩織ちゃんを助けなきゃ！

「彼女から手を離して！」

声をあげて金髪の子の手を詩織ちゃんからはがそうとするも、私も茶髪の子に手をつかまれた。

「まあまあ、落ち着いて。俺たち、仲良くできると思うんだけど」

茶髪の男の子は、私の耳元で囁くように言う。

知らない男の子に迫られ、身体がゾクッと震えた。

「嫌……離して」

震える声でそう言うのがやっとだ。手を離そうと思っても、相手の力が強すぎてできない。

「君、すげー可愛いね。髪もサラサラで俺のタイプかも」

茶髪の子はペロリと下唇を舐《な》めると、私の髪に触れた。

「や、やめ……て」

首を左右に振って抵抗するが、茶髪の子は馴れ馴れしく私の肩を抱く。

「怖がらなくても大丈夫だよ。俺、女の子には優しいんだ」

私の耳元で茶髪の子が囁くが、怖くて仕方なかった。

「い……嫌」

大声を出そうと思っても、身体が硬直してか細い声しか出ない。

なんで……こんな時に限って声が出ないの！　誰か……誰か助けて！　学！

ここにはいないとわかっているのに、頭に浮かぶのは彼の顔。

学……助けて！

無理だとわかっていても、心の中で彼の名を呼んでしまう。

その時、殺気に満ちた声が背後から聞こえ、ハッとした。

「彼女たちに何か用かな？」

それは、この場にいるはずのない学の声。

これは幻聴？　学が恋しすぎて、私の耳までおかしくなっちゃった？

そんな考えが頭をよぎるが、「汚い手で俺の女に触れないでくれる?」と続けて彼の声がして、茶髪の子が突然うめき声をあげた。

「い、痛《いて》え～」

何事かと思って咄嗟に後ろを振り返れば、今一番会いたかったあの人がいた。

「……学?」

ダークグレーのロングコートを着ている学を、呆然と見つめる。

幻じゃないだろうか?

彼は、茶髪の子の腕をひねり上げていた。

口元に笑みをたたえているが、その目は怒りに満ちていて、茶髪の子は震え上がる。

「す、す、すみません～!」

その様子を見てカッとなった金髪の子は、学に向かって拳を振り上げた。

「お前、何するんだよ!」

「学、危ない!」

私が叫ぶと同時に、学の背後から誰かの腕が伸びてきて金髪の子の腕をつかむ。

「ナンパは、よそでするんだな」

学の後ろから濃紺のコートを着た兄が現れ、金髪の子をギロッと睨みつけた。

「ご、ごめんなさい～！」

ふたりの男は学と兄の眼光に怯み、そそくさと逃げていく。

美形の学と兄に周囲の視線が集まるが、ふたりはそれを気にすることなく、腕を組みながら私と詩織ちゃんを見据えた。

「まったく……一日早く戻ってきて正解だったよ。あんな連中にナンパされるなんて、片時も目が離せないな」

学はため息交じりの声で、呟くように言う。

彼の言葉に、兄はゆっくりと頷いた。

「ああ、同感だ」

私たちの〝恋人兼、保護者〟は、すこぶる機嫌が悪い。

そういえば、コンタクトにしてからというもの、学に『近づいてくる男には気をつけてね』と注意されていたんだよね。

詩織ちゃんも、見るからにお嬢様って容姿でモテるから、学や兄に『フラフラ出歩くな』と常日頃言われているのだ。

学と兄はかなりの心配性。

この状況……マズい。

「いえ……。これは、たまたまで……」

顔を引きつらせながら、私は学と兄に言い訳した。

「私たち、何も悪いことはしていませんわ」

詩織ちゃんが、ツンケンした態度で言う。

あ～、詩織ちゃん、そんな言い方しちゃダメだよ。余計怒られる！

目でそう伝えようとするが、私の努力も虚《むな》しく、彼女は学と兄に文句を言った。

「悪いのは、あのクズどもでしょ？　どうして私たちが責められますの？　不愉快ですわ」

「お前のその自覚のなさが危険なんだよ。俺たちが現れなかったら、お前も梨花もホテルに連れ込まれてただろうな。江口さん、詩織のことをよろしくお願いします」

学はまず詩織ちゃんをひと睨みし、次に兄に目をやると、私を促した。

「梨花、行くよ」

「え？」

学は、呆気に取られている私の手をつかむ。

詩織ちゃんと食事の約束があるんだけど……今はそんなこと言えない雰囲気だ。

「……じゃあ、また」

私が兄と詩織ちゃんのほうを向いて軽く手を振ると、学は私の手を引いてスタスタと歩きだした。

歩くのが速くて、足がもつれそう。

いつもなら私に合わせて歩いてくれるのに……学、すごく怒ってる？

「……学、もう少しゆっくり歩いて」

戸惑いながらそう声をかけると、学は「あっ、ごめん」と言って立ち止まった。自分でも早足で歩いていたのに気づいていなかったのだろう。

「心配かけてごめんね。学たちが助けに来てくれてよかった。怖くて……抵抗しようと思っても、身体が動かなくて……」

せっかく会えたのに、喧嘩《けんか》なんてしたくない。私は学を見上げると、素直に謝った。

「……わかってる。梨花が悪いわけじゃないんだけど、もうちょっと自分が可愛いってことを自覚してほしい。ほかにも、俺のいないところでナンパされているんじゃないの？」

語気を強め、少し取り乱した様子で学が私に尋ねるが、こんな余裕のない彼を見るのは初めてだった。

「道とか時間はよく聞かれるけど、ナンパはないよ」

ポカンとしながら、学の言葉を否定する。

「……梨花、それもナンパの手口だよ。前に俺のことをすごく警戒してたくせに、なんでほかのヤツらの前だと、そんな無防備になるの？」

「え？　道とか時間を聞かれるのもナンパなの？」

驚きの声をあげれば、学は、やれやれといった様子でハーッとため息をつく。

「あの……ごめんなさい。これからは気をつけます」

私がもう一度謝ってそう約束すると、学は少しホッとした表情になった。

「俺の心臓のためにも、そうして」

「うん」

学の目を見て返事をすれば、彼はニコッと微笑んだ。いつもの学だ。私が約束して安心したのか、彼の機嫌は直ったらしい。

「少し街を歩こうか。もう夕方だし、並木通《なみきどお》りのイルミネーションがきっと綺麗だよ」

学の提案に、笑顔で頷いた。

「うん」

学はコートのポケットからカシミアの黒の手袋を取り出し、チラリと私の手を見る。

「梨花、手袋は？」

「……それが、家に忘れてきちゃって」

ハハッと苦笑すると、学が自分の右手の手袋を私に差し出した。

「ん？」

わけがわからず首を横に傾げて問いかけるように学を見れば、彼は私の右手に自分の手袋をはめ、自分の左手に手袋をする。

「手袋してないと寒いよ」

学は穏やかに笑って私の左手を握り、その手を自分のコートのポケットに入れた。

……温かい。

ほんのちょっとしたことなのに、学がいるだけでこんなにも幸せな気分になれる。

「ありがと。ふふ、あったかい。そういえば、よくあのカフェにいるのがわかったね」

歩きながら、彼を見上げて聞いた。

「今日、梨花にメールやＬＩＮＥ《ライン》しても連絡がつかなくて、詩織にＬＩＮＥしたら梨花と表参道でお茶するって返信があったから、『多分ここだ』と見当つけて、詩織には内緒で来たんだよ。あそこは、詩織の行きつけのカフェでね」

私の目を見て、学は甘い笑みを浮かべる。

「え？　メールくれてたの？」

慌ててバッグからスマホを取り出して確認すれば、彼からメールとＬＩＮＥのメッセージが来ていた。

「ごめん！　気づかなかった」

手を合わせて謝れば、彼は「会えたんだからいいよ」と目を細めて笑う。

「帰国は明日って聞いていたから、今日帰ってきてくれて嬉しい。さっき男の子に絡まれた時も、学の顔が浮かんできて……会いたくてたまらなかった」

私が涙目で自分の思いを口にすると、学は私の左手を強く握ってきた。

「ここでそんな可愛い発言されると、すぐにタクシー捕まえて、家に連れて帰りたくなるんだけど」

学が熱い眼差しで、私を見る。このままベッドに直行しそうな顔だ。

でも……。

「学と街を歩きたいな」

だって、今日はクリスマスイブだもん。

学の腕にすり寄っておねだりすれば、彼は渋々折れた。

「言うと思った」

学は残念そうな顔をして、私の手をしっかり握る。

その時、彼が身軽なのに気づいた。

「あれっ、スーツケースは？」

「今回は社長に同行したから、秘書の桜井さんが社長を迎えに来てたんだ。だから、俺と江口さんの荷物を自宅に届けてくれるよう、彼に頼んだんだよ」

「そうなんだ」

「今度出張に行く時は、梨花をスーツケースに入れていこうかな？」

学がじっと私を見て、真剣な顔で言う。

「私を入れたら、ほかに何も入らないよ」

クスッと笑ってそう指摘すると、学は私にとびきりの笑顔を向けた。

「梨花がいれば、ほかには何もいらないけど」

なぜこの人は、こんなキザなセリフをさらっと言えるのだろう。

顔の熱が、カーッと一気に上がる。

「それじゃあ、出張できないよ」

ハニカミながら言い、学から視線を逸らす。

「でも、今回の出張、梨花に飢《う》えて仕事が手につかなくなりそうだった」

学は急に立ち止まり、私の顎を掬い上げるように持ち上げて私と目を合わせると、道端にもかかわらずチュッと口づけてきた。

不意打ちのキスに、目を見張ってしまう。

「が、が、学〜！」

つっかえながら学の名前を呼べば、彼はいたずらっぽい目をして言った。

「このくらい許してほしいな。今すぐ家に連れ帰りたいのを、我慢してるんだから」

「だからって……公衆の面前でキスなんて……」

恥ずかしくて顔がすごく熱い。

上目遣いに学を見て、私は赤面しながら抗議する。周囲の視線を痛いほど感じるが、怖くて周りは見られなかった。

「大丈夫。見た人たちだって、すぐに忘れるよ」

学はフッと微笑して、私の手を引いて歩きだす。

彼は人に見られるのに慣れているけど、私は違う。好奇な視線に耐えられず、ずっとうつむきながら歩く。

「……もう学ったらあ。恥ずかしいよ」

学にぶつくさ文句を言っていると、彼が突然、声をあげた。

「梨花、見て。スケートリンクだ！」

ん？

顔を上げて前を見れば、先月オープンしたファッションビルの横に仮設のスケートリンクができていて、カップルや子連れがスケートを楽しんでいる。

「面白そう」

スケートってやったことないんだよね。フィギュアスケートの選手みたいに滑《すべ》れたら、気持ちいいだろうな。

「やってみようか」

学が私の顔を見て、ニコッと笑う。私の心はお見通しのようだ。

学にそのまま連れられてスケート場で受付をし、気づけばスケート靴を履いてリンクに立っていた。

でも、想像と違ってスケートは難しく、氷の上を歩くこともできない。

「怖い……」

手すりを命綱のようにガシッとつかんでいると、学に笑われた。

「そんなガチガチじゃ滑れないよ。手すりに捕まると、余計バランスを取りづらくなるし。ほら、おいで」

学に手をつかまれ、リンクの中央まで連れていかれる。

「きゃあ～」

ヘッピリ腰で滑る私に、学は先生のように指導した。

「リラックスして、俺のところまでおいで」

学はバックで五メートルほど私から離れる。

「え？　ちょ……学……無理～！」

支えを失った私は、リンクの上で棒立ち状態。

少しでも動けば転ぶ。絶対転ぶ。声を出すだけでも、バランスを崩して転びそう。

なんで学はバックでも滑れるの～？　ほんと、オールマイティーな人だな。彼ならトリプルアクセルとかも、できそうな気がする。

「梨花、おいで」

学に名前を呼ばれて恐る恐る足を動かし、氷を見ながらペンギン歩きで彼のほうへ向かった。

「梨花、下を見ないで、俺だけを見て」

学が優しく私に声をかける。

「む、無理～」

そう言いながらも、学の瞳に吸い寄せられるように彼だけを見て滑る。

すると、彼の腕がサッと伸びてきて私を捕まえた。

「よくできました」

とろけるような笑顔で褒めて、私をギュッと抱き寄せる学。

「これはご褒美。また俺だけを見ててね」

甘い笑みを浮かべ、学は私の両手をつかんでバックで滑りだす。それはまるで、いつかテレビで見たアイスダンスのように、優雅な動き。

私は彼に手を引かれるがままだったけど、自分が滑っているみたいで楽しかった。

彼の瞳が優しく笑うから、私もつい笑顔になる。

「ふたりで金メダル取れそう」

「それは、調子に乗りすぎ」

学がクスッと声を出して笑う。


それからどれくらい滑っただろう。

外が真っ暗になり、学がチラリと腕時計を見ると、時刻は七時半を過ぎていた。

スケートリンクをあとにし、彼は赤坂《あかさか》の高級ホテル内にある、鉄板焼きの店に私を連れていった。

美味しいコース料理を堪能したあと、学は私の手を引いて、同じホテルの客室に向かう。

着いた先は、ホテル最上階にあるインペリアルスイートの部屋。

「予約してあったの？」

五十畳はありそうな広くて豪華な部屋を見て、私は目を丸くする。

「本当は苗場《なえば》辺りにスキーに行こうと思っていたんだけど、海外出張でダメになってね。親父が気を利かせて取ってくれたんだ。俺たちへの、クリスマスプレゼントだってさ」

「すご～い、こんな素敵な部屋」

見るからに高級そうなソファに、フカフカの絨毯《じゅうたん》。大きなガラス張りの窓からは、夜の摩天楼《まてんろう》が一望できる。

「夜景が綺麗～」

窓に駆け寄って外を眺めると、学も寄ってきて背後から私を抱きしめた。

「喜んでくれてよかった。年末はまた、おばあさんのところに行こう」

学の気遣いが嬉しくて振り返ると、彼が身を屈めて私に唇を重ねてくる。

甘いキスは次第に深くなり、学は一度キスを中断させると余裕のない表情で告げた。

「もう我慢の限界。梨花を抱きたい」

「……私も、学が欲しい」

いつもなら、恥ずかしくてそんなことは絶対に言わない。でも、今日はしばらく会えなかった分、彼を愛おしく思う気持ちが強くて、つい本音を口にしてしまった。

背伸びをして、彼の首に腕を絡める。

すると、学は私を抱き上げて近くにあるベッドルームに運び、ベッドの上に私を下ろした。

彼が私にキスをしながら、服を脱がしていく。

「ずっと梨花が欲しかった」

学は片手で器用にネクタイを外し、自分の着ていたスーツのジャケットやシャツを脱ぎ捨てると、私に覆い被さってきた。

「梨花……」

吐息交じりに私の名前を囁きながら、学は私の身体に手と唇を這《は》わせる。

素肌に感じる彼の熱。それは、ずっと自分が求めていたもの。

「学」

たまらずその頭に触れて引き寄せると、彼は私を熱い眼差しで見つめた。

「愛してる」

「私も」

学の目を見て微笑む。

重なる互いの熱い唇。重なる身体。肌に触れて、触れられて愛を伝える。

それが、こんなにも自分を幸福で満たすものだなんて、彼に抱かれるまで知らなかった。

「ずっと……私のそばにいて」

彼を自分の胸に抱き寄せて想いを伝えると、「ベッド以外でも、そんな風に俺を欲しがってよ」と面白そうに笑って、私を強く抱きしめた。

それから明け方まで愛し合って、いつの間にか意識を失っていたらしい。

朝、目を開けると、彼が枕に片肘をついて愛おしげに私をじっと見つめていた。

俺の愛おしい姫［学ＳＩＤＥ］

「う……ん。学……」

梨花が俺の胸にギュッと抱きついてきて、パッと目が覚めた。

目を擦《こす》りながら起きれば、彼女が俺の胸に身を寄せてすやすや眠っている。

その寝顔が可愛いくて、手を伸ばしてその頰を撫でた。

ホテルの部屋で梨花を抱いて、シャワーを浴びたあと、いつの間にか寝てしまったらしい。

苗場は出張で行けなくなったし、日本に戻ったら彼女と家でゆっくり過ごすつもりでいたから、親父が用意してくれたクリスマスプレゼントはとてもありがたかった。

親父は俺が商談を早く終わらせて、イブの夜までに帰ってくることを見越していたのだろう。

時計を探してベッドサイドを見れば、デジタル時計は午前九時を回っていた。

五時間くらいは寝ただろうか？

梨花を起こさないように彼女の腕をそっと外してベッドから出るが、その時彼女の一糸まとわぬ姿が露わとなって、慌てて布団を被せた。

魅惑的なその身体。見ると抱かずにいられない。だが、理性で抑えた。今の俺にはやらなければいけないことがある。

ハンガーにかかったスーツのジャケットを手にし、ポケットの中から箱を取り出して中身を手に取る。

それは、出張中に買った婚約指輪。一カラットのメインダイヤの周りに、花びらのようにメレダイヤが散りばめられている。

花のように可憐で綺麗なこの指輪は、ひと目見て梨花に似合うと思い、迷わず購入した。

まだ夢の中にいる彼女の左手を取り、薬指にはめていく。

疲れて眠っているせいか、梨花が起きる様子はない。

その原因は自分にあるのだが、彼女に飢えていたのだから仕方がない。離れている時間が長ければ長いほど、梨花を欲してやまない自分の想い。

過去にこれほど俺を夢中にさせ、狂わせる女がいただろうか?

「……いなかったな」

そう呟いて、フッと笑う。

欲しいのは彼女だけ。そう。梨花は俺にとって唯一無二の存在で、自分よりも……ほかの何よりも大切だ。だから、ずっと自分のそばにいて笑っていてほしい。

チュッと指輪に願をかけるように口づけると、「愛してる」と囁いて彼女のリンゴのように赤く色づいた唇に、キスを落とした。

起きたら、どんな反応をするだろう？

いろいろ想像すると、胸が躍る。

一旦ベッドから出て、時差ボケの頭をスッキリさせるためにシャワーを浴びると、再びベッドに戻って横になり、梨花の寝顔を眺めた。

出張中も会いたくてたまらなかった彼女が、ここにいる。

それだけで、心がホッとする。

『梨花をスーツケースに入れていこうかな？』って彼女に言ったのは、冗談ではなく半分は本気。出張の予定を一日早めて帰ってきたのは、商談がうまくまとまったのもあるが、梨花が心配だったし、俺が彼女に会いたかったから。

彼女と恋人になってから、週末はいつも俺の家で一緒に過ごしているが、この生活も今の俺には限界だった。

梨花には会社で毎日会えるが、接待や仕事が終わって夜遅く帰宅すれば、そこに彼女はいない。

誰もいない家に帰る、あの虚しさ。週末一緒に過ごすだけに、月曜の夜は特にこたえて、喪失感《そうしつ》にさいなまれる。

早く帰れる日は、『ひとりじゃ寝られないから』とか理由をつけて、彼女をうちに連れてくるが、そんなのはただの一時しのぎにしかならない。

俺がおかしくなる前に、結婚して一緒に住んで、ずっと俺のそばにいてほしいって思う。シングルライフは、もうたくさんだ。今すぐにでも結婚したい。

「う……ん」

三十分ほど経つと、寝返りを打つ梨花と目が合った。

「おはよ」

優しく微笑んで、俺の愛おしい姫に目覚めのキスをする。

「……ん、学。おはよう」

梨花は目を擦りながら起きる。そして、左手の指輪に気づき、幻でも見たかのように目をしばたたいた。

「これ……」

指輪をまじまじと見つめる梨花。

そんな彼女を楽しげに眺めながら、ベッドから起き上がる。

「出張に行った時に、梨花に似合うと思って買ったんだ。江口さんには『お前って梨花命だな』って、散々からかわれたけどね」

布団で胸元を押さえながら上体を起こした梨花が、ためらいがちに聞いてきた。

「すごく綺麗。でも……こんな高価そうな物もらっていいの？」

「俺が梨花につけてもらいたいから」

そう言って言葉を切り、彼女の左手をそっとつかんだ。

「梨花、俺と結婚してくれる？」

俺のプロポーズが思いがけなかったのか、彼女は数秒俺をボーッと見ていて……。

「梨花？」

その顔を覗き込むと、彼女の目は潤んでいた。

「……私がお嫁さんで後悔しない？」

俺の目を見て、彼女が聞き返す。

「俺が欲しいのは梨花だけだよ。後悔なんてしない。むしろ、梨花と一緒だとお互いおじいさん、おばあさんになっても笑って暮らしていられると思うよ」

梨花が作った漬け物を、じいさんになった自分が嬉しそうに食べている……そんな図が脳裏に浮かび、自然と頬が緩む。

「私も、学しかいらない」

俺の答えを聞いて安心したのか、梨花はパッと花が咲いたように破顔する。

そんな彼女が、無性に愛おしかった。

「じゃあ、返事は『イエス』で決まりだね」

嬉しくて、喜びが込み上げてくる。たまらず梨花に触れたくなって……その頬を両手で包み込み、羽根のようなキスをした。だが、すぐにキスが終わって物足りないと思ったのか、じっと俺を見ている彼女に、ニヤニヤ顔で尋ねる。

「どうしたの？　そんな物欲しそうな顔して」

「……な、なんでもない」

梨花は慌てて、俺から目を逸らす。

「素直に言ってごらん。でないと、『梨花はベッドの中だと大胆になる』って江口さんにバラすよ」

不敵に笑ってそんな脅し文句を口にすれば、彼女は「ダメ！　学の意地悪！」と首をちぎれそうなほど左右に振った。

「だったら、なんなの？」

自分でも意地悪だって思うけど、梨花が可愛すぎるのがいけない。つい彼女をからかってしまう。

「……もっとキスしてほしい」

梨花は頬をほんのり赤く染めながら、告白する。

嬉しいおねだりに、ニンマリする俺。

「姫のご所望とあらば、喜んで」

梨花の頬を両手で包み込むと、その柔らかな唇に口づけ、時間をかけてゆっくりと味わう。その愛おしい唇に、もっと触れたかったのは俺も同じ。

君だけを愛してる。ずっと……。

熱いキスで、その想いを伝える。目を閉じて俺の想いを受け止める梨花を、このうえなく愛しく思った。

キスを終えると、彼女は俺を見てはにかむように笑う。

この笑顔を一生守りたい。

そう強く思った。それは俺の願望であり、俺の一番の使命なのかもしれない。

END

あとがき

こんにちは、滝井みらんです。
このたびは『オオカミ御曹司に捕獲されました』をお手に取っていただき、どうもありがとうございます！　最後までお楽しみいただけましたら嬉しいです。

さて今回もゲストを呼んじゃいました！　杉本　学さん、江口涼介さん、どうぞ。
学　杉本学です。作者がずっと風邪をひいていて、あとがきのネタがなくてすみません。ほら、お義兄《にい》さんも挨拶してください。
江口　梨花と婚約しただけだろ？　まだ義兄《あに》じゃない。それに、お前にそう呼ばれるのは不快だ。
学　慣れてください。この四月には籍を入れますから。
江口　……その話、俺は初耳だが、梨花は知っているのか？
学　まあ、そのうち。
江口　……おい。お前、いつか梨花に愛想《あいそ》尽かされるぞ。梨花の寮だって、勝手に解約してお前のところに強引に来させたんだろ？
学　心配いりません。俺の愛は彼女にちゃんと伝えてるんで。言葉でも身体でも。
江口　ニヤリとするな、気持ち悪い。……もういい。俺は帰る。
学　待ってくださいよ。俺も仕事があるんで帰ります。では、読者の皆さん、またどこかでお会いしましょう。素敵な時間をお過ごしください。

学の王子スマイル、キュンとしちゃいますね。江口さんも、終始無表情なのがカッコいい。もっとふたりに話してほしいのですが、ページが足りなくてすみません。
最後になりますが、今回も編集で大変お世話になりました額田様、三好様、また魅力的なイラストを描いてくださった花綵いおり様、厚くお礼申し上げます。
そして、いつも応援してくださるファンの皆様、読者の皆様、本当に本当に感謝しています。ありがとうございました！　このご縁が末永く続くよう、日々精進したいと思います。また皆様にお会いできることを祈って……。

滝井《たきい》みらん

滝井みらん先生への
ファンレターのあて先

〒104-0031
東京都中央区京橋1-3-1
八重洲口大栄ビル7F
スターツ出版株式会社　書籍編集部　気付

滝井みらん先生

本書へのご意見をお聞かせください

お買い上げいただき、ありがとうございます。
今後の編集の参考にさせていただきますので、
アンケートにお答えいただければ幸いです。

下記URLまたはQRコードから
アンケートページへお入りください。
http://www.berrys-cafe.jp/static/etc/bb

オオカミ御曹司に捕獲されました

2018年3月10日　初版第1刷発行

著　者　滝井みらん
©Milan Takii 2018

発行人　松島 滋

デザイン　カバー　根本直子（説話社）
フォーマット　hive & co.,ltd.

校　正　株式会社　文字工房燦光

編　集　額田百合　三好技知（ともに説話社）

発行所　スターツ出版株式会社
〒104-0031
東京都中央区京橋1-3-1　八重洲口大栄ビル7F
TEL　販売部　03-6202-0386（ご注文等に関するお問い合わせ）
URL　http://starts-pub.jp/

印刷所　大日本印刷株式会社

Printed in Japan

ISBN 978-4-8137-0418-8　C0193

小説サイト
Berry's Cafe の人気作品がボイスドラマ化！
豪華声優陣が出演!!
溺愛ボイスドラマ×ベリーズ男子
俺様すぎる強引社長
CV:増田俊樹
『キミは許婚』
by 春奈真実
とことん溺甘！グイグイ秘書室室長
CV:梅原裕一郎
『秘書室室長がグイグイ迫ってきます！』by 佐倉伊織
隠れドS!? 溺愛系御曹司
CV:石川界人
『副社長は溺愛御曹司』
by 西ナナヲ
2018年2月上旬より順次リリース！
1話はすべて完全無料！
App Store からダウンロード
Google Play で手に入れよう
アプリストアまたはウェブブラウザで
ベリーズ男子 検索
【全話購入特典】
・特別ボイスドラマ
・ベリーズカフェで読める書き下ろしアフターストーリー
最新情報は公式サイトをチェック！
※AppleおよびAppleロゴは米国その他の国で登録されたApple Inc.の商標です。App StoreはApple Inc.のサービスマークです。※Google PlayおよびGoogle Playロゴは、Google LLCの商標です。

ベリーズ文庫 2018年4月発売予定

書店店頭にご希望の本がない場合は、
書店にてご注文いただけます。

『副社長のイジワルな溺愛』

北条歩来《ほうじょうあゆら》・著

Now Printing

建設会社の経理室で働く茉夏は、容姿端麗だけど冷徹な御曹司・御門が苦手。なのに「俺の女になりたいなら魅力を磨け」と命じられたり、御門の自宅マンションに連れ込まれたり、特別扱いの毎日に翻弄されっぱなし。さらには「俺を男として見たことはあるか?」と迫られて…!?

ISBN978-4-8137-0436-2／予価600円＋税

『身代わり婚約者にかけがえのない愛を』

黒乃《くろの》 梓《あずさ》・著

Now Printing

エリート御曹司の高瀬専務に秘密の副業がバレてしまった美和。解雇を覚悟していたけど、彼から飛び出したのは「クビが嫌なら婚約者の代役を演じてほしい」という依頼だった！　契約関係なのに豪華なデートに連れ出されたり、抱きしめられたりと、彼は極甘で…!?

ISBN978-4-8137-0437-9／予価600円＋税

『お気の毒さま、今日から君は俺の妻』

あさぎ千夜春《ちよはる》・著

Now Printing

容姿端麗で謎めいた御曹司・葛城と、とある事情から契約結婚した澄花。愛のない結婚なのに、なぜか彼は「君は俺を愛さなくていい、愛するのは俺だけでいい」と一途な愛を囁いて、澄花を翻弄させる。実は、この結婚には澄花の知らない重大な秘密があって…!?

ISBN978-4-8137-0433-1／予価600円＋税

『セイクレッド・フォリストリア -Sacred Follistoria-』

いずみ・著

Now Printing

花売りのミルザは、隣国の大臣に絡まれた妹をかばい城へと連行されてしまう。そこで、見せしめとして冷酷非道な王・ザジにひどい仕打ちを受ける。身も心もショックを受けるミルザだったが、それ以来なぜかザジは彼女を自分の部屋に大切に囲ってしまい…!?

ISBN978-4-8137-0438-6／予価600円＋税

『絡まり合う、恋の糸～社長と燃えるような恋を～』

佐倉伊織《さくらいおり》・著

Now Printing

老舗企業の跡取り・砂羽は慣れない営業に奮闘中、新進気鋭のアパレル社長・一ノ瀬にあるピンチを救われ、「お礼に交際して」と猛アプローチを受ける。「愛してる。もう離さない」と溺愛が止まらない日々だったが、彼が砂羽のために取ったある行動が波紋を呼び…!?

ISBN978-4-8137-0434-8／予価600円＋税

『影色令嬢の婚約』

葉崎《はざき》あかり・著

Now Printing

望まぬ結婚をさせられそうになった貴族令嬢のクレア。縁談を断るために、偶然知り合った社交界の貴公子、ライル伯爵と偽の婚約関係を結ぶことに。彼とかりそめの同居生活がスタートするも、予想外に甘く接してくるライルに、クレアは戸惑いながらも次第に心惹かれていき…?

ISBN978-4-8137-0439-3／予価600円＋税

『㊙社内蜜愛スキャンダル』

沙紋《さもん》みら・著

Now Printing

総合商社勤務の地味ＯＬ茉耶は、彼女のある事情を知る強引イケメン専務・津島に突然、政略結婚を言い渡される。甘い言葉の裏の横暴な策略に怯える茉耶を影で支えつつ「あなたが欲しい」と近づくクールな専務秘書・倉田に、茉耶は身も心も委ねていき、秘密の溺愛が始まり…!?

ISBN978-4-8137-0435-5／予価600円＋税

『偽りの婚約者に溺愛されています』

鳴瀬《なるせ》菜々子《ななこ》・著

女子力が低く、恋愛未経験の夢子はエリート上司の松雪に片想い中。ある日、断りにくい縁談話が来て、松雪に「婚約者を雇っちゃおうかな」と自嘲気味に相談すると「俺が雇われてやる」と婚約者宣言！　以来、契約関係のはずなのに甘い言葉を囁かれる溺愛の毎日で…!?

ISBN978-4-8137-0419-5／定価：本体630円＋税

ベリーズ文庫
2018年3月発売

書店店頭にご希望の本がない場合は、
書店にてご注文いただけます。

『イジワル御曹司と花嫁契約』

及川《おいかわ》 桜《さくら》・著

弁当屋で働く胡桃は、商店街のくじ引きで当たった豪華客船のパーティーで、東郷財閥の御曹司・彰貴と出会う。眉目秀麗だけど俺様な彼への第一印象は最悪。だけど「婚約者のふりをしろ」と命じられ、優しく甘やかされるうちに身分違いの恋に落ちていき…!?

ISBN978-4-8137-0420-1／定価：本体630円＋税

『クールな社長の甘く危険な独占愛』

颯陽《そうよう》香織《かおり》・著

冷徹社長・和茂の秘書であるさつきは、社宅住まい。隣には和茂が住んでいて、会社でも家でも気が抜けない毎日。ところがある日、業務命令として彼の婚約者の振りをすることに!?　さらには「キスをしたくなった方が負け」というキスゲームを仕掛けてきて…。

ISBN978-4-8137-0416-4／定価：本体640円＋税

『王太子殿下の溺愛遊戯～ロマンス小説にトリップしたら、たっぷり愛されました～』

ふじさわ さほ・著

ロマンス小説の中にトリップし、伯爵家の侍女になったエリナは、元の世界に戻るため“禁断の果実”を探していた。危険な目に合うたびに「他の男には髪の毛一本触れさせない」と助けてくれる王太子・キットに、恋に臆病だったエリナの心が甘くほどけていって…。

ISBN978-4-8137-0421-8／定価：本体640円＋税

『極上社長と結婚恋愛』

きたみ まゆ・著

花屋勤務のあずさは、母親の再婚相手の息子を紹介されるが、それは前日に花を注文したイケメンIT社長の直哉だった。義理の兄になった彼に「俺のマンションに住まない？男に慣れるかもよ」と誘われ同居が始まる。家で肩や髪に触れられ甘い言葉をかけられて…!?

ISBN978-4-8137-0417-1／定価：本体630円+税

『クールな王太子の新妻への溺愛誓約』

紅《くれない》 カオル・著

小国の王女マリアンヌの婚約相手レオンは、幼少期以来心を閉ざす大国の王子。行方を消した許嫁の面影があると言われ困惑するマリアンヌだったが、ある事件を契機に「愛している。遠慮はしない」と迫られ寵愛を受ける。婚礼の儀の直前、盗賊に襲われたふたりは!?

ISBN978-4-8137-0422-5／定価：本体620円＋税

『オオカミ御曹司に捕獲されました』

滝井《たきい》みらん・著

とある事故に遭ったOLの梨花は同じ会社のイケメン御曹司、杉本に助けられる。しかし怪我を負ってしまった彼を介抱するため、強引に同居させられることに。「俺は君を気に入ってるんだ。このチャンス、逃さないから」と甘く不敵に迫ってくる彼に、梨花は翻弄されて…!?

ISBN978-4-8137-0418-8／定価：本体640円＋税